马国兴　王彦艳　主编

风铃鸟系列美文读物

情感种植园

文心出版社
·郑州·

U0459136

图书在版编目(CIP)数据

情感种植园 ／ 马国兴，王彦艳主编 . — 郑州 ：
文心出版社，2016. 5(2016. 6 重印)
ISBN 978 - 7 - 5510 - 0858 - 7

Ⅰ. ①情… Ⅱ. ①马… ②王… Ⅲ. ①小小说 - 小说
集 - 中国 - 当代 Ⅳ. ①I247. 8

中国版本图书馆 CIP 数据核字(2016)第 055185 号

出版社：文心出版社
（地址：郑州市经五路 66 号 邮政编码：450002）
发行单位：全国新华书店
承印单位：河北鹏润印刷有限公司
开本：700 毫米 × 960 毫米 1 / 16
印张：12
字数：150 千字
版次：2016 年 5 月第 1 版 印次：2016 年 6 月第 2 次印刷

书号：ISBN 978 - 7 - 5510 - 0858 - 7 定价：30. 00 元

目录
Contents

情感种植园

海边，有一位老人

○刘建超

新兵两手托着下巴，撅着屁股趴在窗口，不大的眼睛专注地盯着窗外的海滩。

正是中午，蓝色的大海像淘气累了的孩子，静静地依偎着金色的沙滩小憩。几只悠闲的海鸥潇洒地在海空中舞着芭蕾似的姿势，给寂静的海面点缀了几笔跳动的音符。

哗哗的海涛声又勾得新兵后背发痒：班长，游泳训练不搞喽？

班长抱着一本书头也没抬：不是不搞，是推迟。

新兵：为啥子嘛？人家刚刚学会。

班长：肯定是要来首长了。

新兵兴奋地转过身：是啥首长？师首长吗？

班长：大。

新兵：那是军首长喽？我还没见过师首长呢。

班长甩过一句"新兵蛋子"便埋头看书，不再搭理。新兵又返身趴在了窗口上，两只眼贪婪地舔着海滩。

海滩上有了走动的身影。

新兵瞪大了眼睛，忽然激动地高叫起来：班长、班长，我看见首长了！大首长啊！

班长被新兵的喊声惊了一下,说道:咋呼啥?

新兵激动得脸发红:班长,我看清楚了,真的是他老人家啊。你说,我们能和他说说话吗?

班长放下手中的书也趴到了新兵旁边。

海边,一位饱经风霜的老人,精神矍铄、神态坦然地伫立在岸边,望着海天一色的远方。

老人到来的消息如轻柔的海风吹遍海滨,人们聚集在浴场的围墙外。

老人弯下腰掬了两捧水,缓缓地拍打着胸臂,准备下水。他转过身,看到了围墙外的人群。老人问:该是战士游泳训练的时间喽。

老人身边的人说:为了安全,训练时间推迟了。

老人笑了:要不得,大家一起来嘛。

老人身边的人向围墙外的人们挥挥手:首长让大家一起来。

噢——一片欢呼,人们雀跃着涌进海滩,围在老人身旁,问候祝福。

老人微笑着向大家挥手:我们一起去问候大海吧。

大家和老人一起游进蓝色的海洋,有的人穿着长衣裤也跟着扑进了水里。

新兵有些着急,"狗刨式"扑腾到前边,他看清了眼前这位充满传奇经历的老人,情不自禁地喊了声:首长好!

老人自如地徜徉在海浪中,对新兵微微地笑了。

新兵心潮澎湃,激动得忘了自己是在水中,笔直地敬了个军礼,人便要沉入水底。班长扯住新兵的胳膊,瞪了他一眼。

老人动作自如,边游边问:是新兵吧?

报告首长,已经入伍八个月。

是刚学会游泳?

报告首长，已经学会一个星期。

你是水兵，不能当旱鸭子噢。

报告首长，是！

游泳不要怕呛水，熟悉了水性，你就会驾御它喽。

报告首长，是！

新兵又说：这是我的班长，我跟班长学游泳，要一千米达标。

老人换了个泳姿：班长是军中之母，班长也是军中之父。当好班长也不简单喽。

班长一脸庄重：是，首长，我一定要当个好班长！

海水渐渐涌起了波浪。老人在海浪中依然从容自若，谈笑风生。

游到岸边，海风微吹，有了一丝凉意。老人不用人搀扶，健步走在柔软的沙滩上。

岸边，幼儿园的孩子们站成两排，拍着手喊着：爷爷好，爷爷好。

老人眼中漾出慈祥的光，他同夫人一起走到孩子们中间，轻轻抚摸着孩子红红的脸蛋儿，对幼儿园的教师说：孩子是我们的未来和希望，你们的工作是缔造未来的工作，谢谢你们。老人和孩子们一同合影，站好位置，老人忽然弯下腰，从一个男孩子的小脚丫旁捡起了几个小石子，他和蔼地摸着孩子的头：不要硌着喽。

老人在人们的簇拥下上了车，向大家挥挥手离去。没有众车相随，也没有警车开道。

第二天，老人没有来，传来的消息是老人已经离开本地了。

新兵问班长：班长，不是说首长要来一周吗？

班长说：还不明白啊，怕影响咱们训练。游泳训练，现在开始！

是！新兵和班长一同扑进大海。

当上了营长的新兵，闲暇时，总爱支撑着下巴趴在窗口。他对老班长说：教导员，我好像总能看到海边站着一位老人。

老班长说：我也是。

每年的游泳训练，营长都要做动员，都要讲老人的故事。

将军泪

○刘建超

将军不流泪。

将军十二岁那年，揣着两块烤红薯，翻了三十里山路，参军报仇。他牙齿咬破了嘴唇，鲜血直流。村口的老槐树下，白匪肆虐，树上还吊着他父母的尸首。

队伍上很苦，大人都受不了。年少的他受得了，餐风宿露，酷暑严寒，他从不叫苦。在队伍里长大的他，听到枪声就振奋，托起枪手就痒，打仗就知道往前冲。

暮秋。他带领的一个连，在岐山山坳中与日本鬼子一个中队遭遇。两天两夜，枪炮震聋了山谷，硝烟熏黑了黄土。

硝烟散尽，活下来九个人——他和被他俘虏的八个鬼子。一身伤的他，脸上已经没有任何表情，依然精神抖擞，大声吆喝着俘虏前行。在一个山包前，俘虏开始叽里呱啦地大声说话，显得有些兴奋，前边的一个鬼子也越走越快。如果前边的鬼子拐过山包，就不在他的监视范围了。他急了，端起枪，大声喊："站住，我命令你们站住!"鬼子依然往前走，前面的一个鬼子还跑了起来。他沉不住气了，手中的枪响了，跑在前面的鬼子趴下不动了。后来从鬼子口中得知，鬼子是看到前面的岐水河了，想去洗一洗。

他受了处分,被降了职。他不后悔,拿了一瓶酒,坐在烈士坟墓前,喝得酩酊大醉。

战火硝烟中,他成长为一名师长。因为他总是把"我命令你"挂在嘴边,大家都叫他将军。这时的他早已过了谈婚论嫁的年龄,还是孤身一人。在一次恶战中,将军负伤住进医院,肩膀上还镶嵌着一块炸弹皮。

医院没有了麻药,伤情又不容拖延。

将军对院长说:"别啰唆了,我命令你,挖!"将军嘴里咬了块毛巾,汗水小溪一般顺将军的脸颊流淌。被疼痛扭曲面庞的将军,顺着为他擦汗的小手,看到了白口罩上面的那双美丽的大眼睛,心中竟涌动一丝柔情。

窝在医院的将军脾气越发暴躁,可每次"大眼睛"给他换药的时候,将军就会温顺得像只猫。"大眼睛"手中的棉球在将军的伤口处仔细地抹擦,鼻中的气息缓缓地抚摸着将军的脖颈,将军就恍惚。

那次"大眼睛"给将军换完药,将军对"大眼睛"说:"我命令你,嫁给我。"

"大眼睛"的眼神中瞬间有些慌乱,脸涨得通红,说:"你、你不讲理。我干吗嫁给你?"

将军怔了,说:"那好,我命令你一个月内爱上我。"

"大眼睛"有些恼怒:"你! 你霸道!"

"大眼睛"找到院长诉说,院长笑了,和"大眼睛"讲了许多关于将军的故事。

"大眼睛"不再去给将军换药。将军也耍脾气,"大眼睛"不来就不换药。院长讲道理下命令,"大眼睛"才噘着嘴去给将军换药,但就是不和将军说一句话。将军在"大眼睛"走出房门前说:"还有 28天。""大眼睛"被气笑了——老大不小的人了,还跟孩子似的。

敌机又来轰炸，好像是有备而来，一发炮弹已经在医院旁边轰然炸响。人心慌乱，形势危急，医院必须立即转移。

"大眼睛"焦急地说："院长开会去了，怎么办啊？"

将军一把扯掉针头，疾步走向院子中间，大声吼道："现在听我的命令，先把重伤员往后山转移，快！"指挥着大家有条不紊地快速撤离。

最后一个离开的将军，竟然快步走到院角的一棵树下，小心翼翼地捧起一只被炸弹震落到地上的雏鸟。将军轻抚着惊恐万状的小生灵，喃喃地说："它应该有美好的明天，带着它离开吧。"轻轻地把雏鸟放在"大眼睛"的手里。

小院顷刻间笼罩在了炮火之中。刚才好险啊，"大眼睛"充满敬佩地望着从容不迫的将军。

将军伤愈，要归队。"大眼睛"给将军收拾行装。

"大眼睛"说："沟上的桃花开得正艳，好看呢。"

将军说："大男人看什么花花草草啊。明天我就归队了。你能不能再给我换一次药？"

"大眼睛"笑了："你伤都好了，还换什么药啊。"

将军说："你甭问。给不给换吗？"

"大眼睛"不笑了，拿过棉纱轻柔地给将军"换药"。

将军一走，再无音讯。"大眼睛"从自前线回来的伤员口中得知，将军下了江南。

疗养所建在风光旖旎的南国海滨。将军坐在轮椅上，面朝大海，手里攥着一团泛黄的棉纱。海风吹来，将军的一条裤管随风舞动。

将军身边传来抽泣声，将军怔住了，是年轻漂亮的"大眼睛"。

"你来干什么？我命令你走开，走开！"

"大眼睛"笑了："我转业了，你的命令我可以不执行。我是来给你当拐杖的。"

　　将军沉吟许久,最后冷冷地说:"你来迟了。"将军用有力的手改变了轮椅移动的方向,缓缓离去,给"大眼睛"留下岩石一样的背影。"大眼睛"呆呆地站在海边,海风吹散了她的一头秀发。

　　此时的将军,胸前正落下大滴的泪珠。

将 军 树

○刘建超

　　将军指着眼前一片茫茫的戈壁滩,用仅存的左臂潇洒威武地一挥:同志们,这里就是我们的新家,搭帐篷。金黄的戈壁滩上星罗棋布地支起泛着淡淡绿色的蘑菇般的帐篷。将军走进了一顶帐篷,看到敬着军礼的小战士脸上挂着一滴未来得及拭去的泪痕。将军和蔼地笑了:怎么,小鬼,想家了? 小战士又抹了把脸:报告首长,没有。将军把自己的手绢递到小战士的手里:那你哭啥子噢? 小战士低着头:这里,一棵树都没有,一点绿都见不到。将军的面色凝重起来:是啊,这里没有树没有草,还缺水。我们来喽就要改变这一切。

　　部队的备战任务很重,营区的建设计划周期一再提前。闲暇下来,将军就带着大家在基地的四周植树。基地缺水,生活用水靠军车运送,每人每天的用水都有严格的定量。连刷牙水也只有两口,植树也成了一件很奢侈的事情。战士洗脸擦澡洗衣都不用肥皂,把积攒下的水用来浇树。树,植了,枯了;再植,还是枯了。小战士成为老兵,退伍时,将军来了。将军手里托着一个瓷盘,盘里生长着郁郁葱葱的蒜苗。将军说:很对不起啊,小鬼。只能送你一盘绿蒜苗喽。但是,你要相信,我们的营区将来一定会比你手中的这片绿还要美哟。

　　距营区二十里外有条季节河,每年雨季都会给干旱的戈壁滩留下一段时期的滋润。将军带着战士要开出一道引槽,把季节河水引入营区。水引入了营区的水塘,营区建起拦风沙的围墙,挖沙填土栽下耐风沙的胡杨树。营区的入口处竟然有五棵胡杨树泛出了嫩嫩的绿芽,战士搬出锣鼓家什,敲敲打打过年一般热闹。几乎所有人都给家里写了信,报告的第一件事就是我们植的树,发芽长叶了。以后,所有退伍的老兵,离开部队时都要到胡杨树前照张相,留个纪念,所有的新兵寄回家的照片上背景都有那五棵逐渐茁壮起来的胡杨树。将军每天都要到胡杨树前来看看转转的,他熟悉每一棵树上的每一个树杈。落下一片树叶,他也会小心地捡起,托在掌心凝视许久。

又是一个炎热的夏季,五棵胡杨树已经能够遮出一片荫凉。将军又来到胡杨树前,忽然,将军惊愕地瞪圆了眼睛,一棵树上攀着一个穿着开裆裤的娃娃,手里攥着几根折断的枝条。将军几乎是飞上前去,一手把娃娃从树上抱了下来。将军拿过娃娃手中的枝条,眼中盈着泪:你是谁家的娃娃? 你干啥子要折树噢? 娃娃被吓得有些愣怔:我要编草帽。通信团团长急匆匆跑来:报告首长,是我的孩子,家属刚随军。团长对娃娃扬起手,将军严厉地制止住:娃娃没有错,有错的是你。你以后的任务就是好好植树。将军走了几步又停下,把手中的枝条塞到团长的手里:编个草帽,给娃娃。

营区里经常可以看到扛着锹提着水桶植树的团长,他的身后跟着一个穿着开裆裤拿着玩具水桶的娃娃。营区一茬一茬的树绿了,远远望去,黄澄澄的戈壁滩蓦然冒出一片绿洲。团长给树浇完水,双手垫在脑后打盹儿。忽然一股清香飘来,沁人心脾。他睁开眼睛,娃娃坐在身边,手里捧着两只青黄色的梨。他一跃而起,抓过梨问娃娃:哪儿来的? 娃娃小手指向远处。远处只能看到一个人影影绰绰的背影,但是那只空空的袖管被风吹起,像一面猎猎招展的旗帜。将军告诉团长,那几只梨是他到兄弟单位开会带回来的。这种梨树耐旱抗风沙,很适合我们营区栽种。将军让他带人去学习取经。有一天我们的营区也会变成花果山。

营区的梨树采摘下的第一筐果子,基地委托团长和娃娃把果子带到了北京医院,送给将军尝尝。弥留之际的将军望着黄黄的果子,苍白的脸颊泛起红晕,两眼放出欣喜的光芒。他颤颤巍巍的手捧着一只梨,慢慢地放到鼻下,深情地闻着、闻着。护士把将军枕边厚厚的笔记本交给团长,本子每一页里都夹着一片树叶。

根据将军的遗愿,将军的骨灰被埋在了营区那五棵胡杨树下。战士把那五棵胡杨树亲切地称为"将军树"。

我就在"将军树"下站岗。我就是当年折断树枝编草帽的那个娃娃。

包裹与行囊

○艾 苓

他课下跟我说:"将来找不到工作,我就开个幼儿园,我一定带着孩子们好好玩。"

我说:"太好了。"

我是男孩母亲,特别希望男生投身教师行列,让学生躲开点儿脂粉气。

我正畅想未来的幼儿园园长如何改变男童面貌,他接着说,上学以后,该洗的衣物他一直打包寄家,母亲洗完再寄回来。

我摇摇头,不好说什么。

见我摇头,他咧嘴笑,有些不好意思。

他叫王剑平,2005 级学生。大一是班长,大二是中文系学生会副主席,大三有望成为学生会主席。大二学期末有了新情况。绥化学院尝试实习支教,2007 年秋季开学,第一批实习生进驻各县区乡村中小学。我在校园里遇到他,他说已经报名,正在接受岗前培训,是去是留还有些犹豫。

我说:"换了我,我会下去锻炼,得到的东西肯定更多。"

他下去了,去的地方是望奎县的一所乡中学。这些年,乡村教师队伍老化,有些孩子到城里读书,有的孩子辍学了。鼎盛时期,那所中

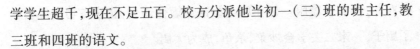

学学生超千,现在不足五百。校方分派他当初一(三)班的班主任,教三班和四班的语文。

走马上任第一天,他还在睡梦中,听见窗外叽叽喳喳,抬眼望去,窗户上挤了一群小脑瓜,他睡意全无。听说从城里来了新老师,天还没大亮,学生就到齐了,近的几里路,远的几十里。从那以后,他每天五点起床,六点半准时进教室。

两个班七十三个学生,一半以上的学生连汉语拼音都不会,他最先准备的授课计划全被打乱。课余时间,他教这些学生汉语拼音,也让基础好的学生帮帮基础差的。一个月后,在五校联合模拟测试中,他的两个班语文成绩名列前茅,他还因此获得了校长颁发的三十元奖金。

有一次,他正激情满怀讲流沙河的诗作《理想》,一个男生举手说:"老师,我要出外头去。"

他问:"为什么?"

学生低下头,不作声。

他接着讲课。

学生再次举手:"老师,我要出外头去!"

他问:"为什么?你怎么了?"

学生还是不肯说。

课堂被频频打断,他有些不快,正要批评学生几句,下课铃响,那个男生冲出教室。

回到办公室说起此事,同事哈哈大笑,跟他讲,"出外头"是方言,意思是上厕所,他耽误了人家孩子。

他每天也要"出外头",学校公厕离宿舍挺远。到了冬天,天黑得早,黑灯瞎火,寒风刺骨,这个过程很是艰辛。

乡中学一共去了四个支教生,两男两女。到了做饭时间,你看我,我看你，都有些傻眼。好在用电饭锅焖饭他还会，凭这点功底他当起了厨子，一来二去学会炒菜、杀鱼，成为大厨。

以前，公寓离图书馆只有几百米，他很少去。支教那段时间，乡下离学校百里之遥，每次回乡下，他都要背几本图书馆的藏书。

学生以为他会一直陪着他们，课上读书课下踢球，所以跟他们告别一定很艰难，很多实习生讲到这里就泪眼婆娑。他没给我说细节，只是嘱咐学生："不论发生了什么事，你们都要继续读书，一定要读下去。"

实习归来，我没问他收获多少，那应该是一个大大的行囊。我也没问，该洗的衣物是不是还往家里寄，没必要问了。

毕业后，他在长春做了一名小学教师，学校条件相当好。

两年以后，在"人人网"上相遇，他跟我说："想去吉林孤儿学校当老师。学校在郊区，条件也不好，但那里更需要我。"

我问："你父母的意见呢？"

"他们不同意我的想法，后来尊重了我。他们有哥哥照顾，我现在无牵无挂，可以做自己喜欢的事了。"

"这个做法有点儿傻。"

"母亲也这么说。"

"这是一个理想主义者的选择。"

"我原本就是个理想主义者。"

重阳节快乐

○艾 苓

2013年秋季开学，我收到一份没有署名的明信片：

张老师：

您好！

在您的课堂上，我虽然不是最聪明的那个，但却是很认真地在学。从您那里我学到很多，不只是在学习上，还有在为人处世上。

祝老师每天都开心快乐，幸福地写作、生活！

落款是"来自厦门的祝福"。

字体不漂亮，但工整、熟悉，我一时想不起是哪位高徒的。这种感觉如风过窗棂，等我推开窗，看得见树影婆娑，可捉不到风。

这孩子！我在心里感叹。正想收起明信片，一个名字像条鱼跃出记忆。赵紫燕，2009级新闻班的。她不是最聪明的那个，写字总一笔一画的。那个班报名考研的学生很多，我不大知道考研结果，看来她已经进驻厦门大学。

半个月后，接到短信："老师，明信片您收到了吗？知道我是谁吗？"

我回复："收到了，谢谢紫燕！"

"啊！您还记得我？"

"当然记得。"

赵紫燕来自河南农村，衣着和口音都带着乡土气息。有些女孩子进了大学，急着美白，急着时尚，很快就美了、白了、时尚了。大学四年间，她的衣着和口音始终如一。听说她最怕别人说她胖，跳过绳跑过步，也有效果。一到假期就反弹，干脆放弃了。

上课的时候，紫燕始终盯着我，不肯错过一句话。不管课上课下，有疑惑她就问，还不明白就追问。有这样一双信赖的眼睛，不好好准备课，我会心怀愧疚。

大二开学，她先去图书馆还了书，回头发现，八百块钱不见了。找了半天才想起来，钱夹在书里了。去图书馆找，没找回来，那是她两个月的生活费。

家里仨孩子，她老大，丢钱的事她没跟家里说，直接到校园联通营业厅找了份兼职，自己赚生活费。从那以后，她再没向家里要过生活费，课余一直兼职。

初学新闻采访，我带着他们采访过校内活动，也让他们自行采访身边的新闻。她跟同学合作，采访在校过中秋的学生，采访雪后的绥化交通，采访站前广场上的舞者，也是刨根问底，刨到很多细节。

有一次，我把新闻人物请进课堂，十一点四十分采访结束，下午两点她第一个把作业上传到班级博客。这个中午，她大概是饿着肚子过的。总结的时候，我特意提到她，做一个准新闻人，必须具备这样的精神和速度。

备战考研，听说有的中途撤退，有的到最后筋疲力尽，她天天待到自习室关门。她的床围了一圈单子，回到宿舍，她就钻到里面，打开台灯，忙到半夜。

想起她丢钱的那年晚秋，即2010年农历九月初九，刚开机就看见短信:"伴随着绥化的第一场大雪,重阳节如约而至,在这个值得纪念的日子,祝您重阳节快乐!"

看来,她知道重阳节是节日,却不知道是哪些人的节日。那年我四十三岁,比同龄人提前享受到了重阳节的快乐。

我爸妈说

○艾 苓

　　我习惯独来独往，没什么，老师你不用担心。我和寝室的人也就那么回事儿吧，她们干她们的事，我干我的，挺好的呀。我爸妈说：不用对她们好，你对她们好，她们会以为你好欺负，别理她们！

　　这个寝室我实在待不下去了，老师你是不知道，她们可坏了，合伙对付我，原来还有两个人跟我说话，现在谁都不搭理我。我已经跟辅导员谈了，要求换寝室。我当然打电话告诉家了，我爸妈说：你没什么错，错全在她们，要是辅导员不给换寝室，我们去学校找领导谈！

　　新换的这个寝室还行吧，有好几个我班同学。我还像原来那样啊，她们跟我说话，我就说一句半句的，她们不跟我说话，我也不跟她们说。

　　我有朋友啊，我俩可好了，她是我初中同学，我们有时候打个电话什么的。老师你要给我任务？在学校交几个朋友？老师你咋这么有意思呢？这还能是任务啊？再说吧。

　　我爸妈说了：你得小心点，现在外面没一个好人。他们说得对，我的高中同学都可坏了，到了大学还不是这样？老师你别多想，我知道你是好人，除了我爸妈，你和我说的话最多。

　　我现在完全好了，老师你别惦记了。这次生病，我挺感谢我班同学的,尤其是那几个班干,他们连夜把我送到医院,女支书一直陪着我,还有几个同学第二天到医院看我。我已经谢完他们了,不信你到我班博客上看看,我在那儿贴了感谢信,一起谢了,这个主意不错吧。回头看这件事也没什么,我要是班干,同学病了,也得像他们那样,要不怎么叫班级干部呢? 我爸妈说:看来你班同学还有点儿良心。

——每次在校园见到她,都形单影只。毕业前夕,她跟我说:老师,不能怪我,你交给我的任务太特殊了,你如果让我考研,稍加努力我就能完成任务。我爸妈说:朋友就是相互利用。我不需要利用谁,也不想让谁利用我,以后需要我会交朋友的。工作还没影儿呢,我找过工作,有的工资低,有的太辛苦。我爸妈说了:没事儿,我们养着你。

无缘见到她的爸妈,如果见到,我想转告他们,他们的女儿跟我说过的这些话。

鱼

○巩高峰

那天我是溜出来的。所以出门后我回头看了三遍,确信我妈没出来追我,才算放心。

其实我已经跟我妈请示过了,我说我想在吃过中午饭——也就是我妈和我爸他们睡午觉的时候跟王东他们出去钓鱼。我第一遍求我妈时她还在收拾盘子里的菜,我们家的剩菜向来都是我妈解决,因为只有她最怕浪费。我妈听说我要去钓鱼,扭头瞪了我一眼,说,就你还能钓鱼?你钓到过哪怕巴掌大的一条鱼吗?也别说钓鱼了,就是鱼腥味儿你带过一丝回家吗?

我回头朝门外看了一眼,王东他们似乎听到我妈发了话,略带失望地走了。于是我着急了,脱口而出一个保证:我一定钓只大鱼回来行了吧!我就出去一会会儿,太阳偏西一点点我就回来做暑假作业。说完之后我求助地看了一眼我爸,他满脸都是不耐烦,躺在风扇底下不动声色,不知道是真睡着了还是假寐。

我妈没点头也没摇头,她开始收拾碗筷了,叮叮当当的,很不耐烦。

于是我只能偷偷溜出门。即使我再等下去也没用,我妈不会同意的,况且我是要跟王东他们一起玩儿。在我妈眼里,王东他们就是一帮野小子,不是去水塘就是公路边,不是爬树摸鸟就是下水逮鱼,没个正形。

溜出门时,远远地还能看见王东他们的身影。我没敢喊他们,只是在午后的日头下拼命追撵着,兜里的鱼线带着鱼钩整整齐齐地缠绕在一块两头宽中间凹的木板上,我每跑一步,它就轻轻地碰我的大腿一下,痒痒的,却又舒服而惬意,诱惑着我跑得更快。

好在我追上了他们。

池塘边上都是树荫,在不需要睡午觉的我们看来,阴凉地儿和没有大人的地方,就是天堂。所以我们各自兜里的鱼线板,不过就是打发时间的一个由头,我们谁也不会相信这么一个小三角水塘还真能钓到鱼。

玩了会儿打水漂,还没分出胜负,我们带来的薄石片就没了。爬树和大型的"警察与小偷"游戏都不适合这么炎热的午后,只好开始钓鱼。鱼饵是青草,嫩一点的草茎顺着鱼钩的弯度轻轻一套,往水里一扔,我们就都躺在了草坡上。这么与其说是钓鱼,不如说是等着奇迹出现。

所以当我的鱼浮一浮一沉时,我都没往鱼咬钩上去想,可是等到我手里的鱼线一沉,并直直地往池塘中央去时,我才反应过来鱼上钩了。轻轻一拽鱼线板,水里的鱼浮不升反降,鱼线更沉了。排除了挂住树枝的可能性之后,我站起身往后边退边收线,接着,一条黄灿灿的草鱼贴着水面就上岸了。

除掉它嘴里的鱼钩,我才发现这条草鱼绝对称得上是条大鱼,它不动弹时,比我两个巴掌都大。我也就是用双手捧着它一路小跑着回家的,身后跟着满脸惊诧和羡慕的王东他们。

奔到家门口时,我的双眼已经让汗弄得雾蒙蒙的了,是嗅觉让我感觉家里有什么不对劲儿。用右胳膊上的袖子擦了擦眼上的汗,我先

鱼

找到一个盆,把鱼轻轻放了进去,并接了水让它游起来,我才准备向我妈炫耀。

可王东他们只等在我家院门外,踌踌躇躇的,不肯进来。我这才发现那不对劲儿是什么,我爸又和我妈打架了。这次好像还特别厉害,满院子的烂碗碎碟子,一片狼藉。我爸还在风扇底下,不过已经改躺为坐了,手里还多余地摇着一把旧蒲扇,满脸通红。他的右脸颊和赤裸的胸膛上斜斜地划了好几道抓痕,都冒血了。

找到我妈的时候,她在堂屋里哭,边哭边收拾衣服,边收拾边用随手拿到的衣服抹泪。

我不知道该怎么开口炫耀我的好运气。我是偷偷溜出去的,我没听我妈的话,但我确确实实兑现了我的承诺,我钓到一条大鱼了,我确信它比我妈的两个巴掌都大。我爸喜欢喝鱼汤,我妈喜欢吃鱼头,我喜欢吃鱼脊背,今天的晚餐会是一顿令我自豪无比的鱼宴。

但是,我只能伫立在门框边上,犹疑着该怎么开口。

我妈根本不知道我在为难什么,她没观察我脸上的喜色,她没空,也没心思。她已经很快地收拾好了一大堆东西,最后用一个被单一裹,利利索索。

我妈说,洗手洗脸,跟我回你外婆家!

说完,我妈甚至没给我机会询问什么时候回来、我的鱼哪顿饭能吃、我爸去不去——她只是拽着我来到脸盆前,洗我的手,洗我的脸,顺便也洗她的手、她的脸。脸盆已经变形了,看来在我溜出去的这段时间,家里的很多东西都遭了殃。

出门的时候,我妈几乎是提溜着我跨过的门槛,于是,我连再看一眼我那条鱼的机会都没有。

后来,我倒是经常能见到我爸,他时常到学校来接我,请我吃饭,还给我买好多东西。但是我再也没见过那条大得让我惊奇的鱼,那是我钓到的第一条鱼。可惜的是后来我再也没什么机会钓鱼。而且到现在我也不知道,那条鱼最后究竟去了哪里。

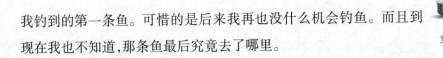

小村邮递员

○巩高峰

　　说实话，八岁那年我就开始当邮递员了。

　　那会儿我们村里还没有"邮递员"这个词，只称"送信的"。那会儿我大姐十七岁，正上初三。提起大姐是因为大姐那一年还差三个月就要中考时，却退学了，跟着我的姑姑去了石家庄。说是进工厂先当临时工，然后熬个几年就能转成正式的，就会变成城里人了。

　　看得出来大姐不想去，因为大姐在父亲和姑姑商量这事的时候，拼命嘟着嘴。大姐一不高兴就嘟着嘴，比如她考试拿不了第一，比如她偶尔少领到一张奖状。当然，我站在大姐这一边，在我看来，大姐只要念完初三考上师范，三年后回来也是公家人。而且，我们村叫丁湖庄，那个遥远而陌生的地方叫石家庄，能有多大的区别？不过就是送信的和邮递员的区别吧。

　　我的邮递员生涯就从那一年开始了。

　　一个初三的男生老让我捎信给大姐。信的信封是他自己糊的，上面只有三个字和一个括号：丁梅（启）。男生的字很漂亮，非常非常漂亮。他说他没考上师范，要出去流浪了。

　　八岁我就开始看小说了，所以对于男女之事我有着太多的好奇和向往。于是我接下了这个任务，从此也就多了一项负担——挣邮票钱。夏天我半夜起来逮嫩知了，卖给街上的饭馆，一个两分钱。秋天割青草，晒干了三分钱一斤卖给村头的养兔厂。冬天带着狗去捉野兔，一只能卖八毛钱。春天没的卖，青黄不接。

那男生的信来得挺勤，一会儿广东，一忽儿北京，全是地图上有大黑点的地方。连我们语文老师都羡慕我，丁冬，你哪来的那么多信啊？

我就很自豪，挣邮票的辛苦都不觉得了。

在我正为第五个四季的轮回而努力的时候，大姐忽然回来了。大姐在村里是出名的漂亮，这一回来，漂亮前要加上"时髦"两个字了。只是大姐不觉得，而且也丝毫没有衣锦还乡的意思。大姐也没办法有那个意思，大姐在石家庄辛苦了五年，却根本没有转成正式工进而变成城里人的机会。姑姑食言了，所以连陪大姐一块回来一趟都没好意思。

大姐把时髦的外表褪给了二姐三姐，自己拾起了以前的旧衣裳。大姐穿旧衣裳还是一样的漂亮，甚至是更漂亮了。所以大姐像花，媒人像蜜蜂和蝴蝶，翩翩而殷勤。我爹娘花了眼似的在可能成为女婿的公家人里挑，可无论挑哪个，大姐一律不同意。爹娘先是训骂，说大姐眼睛长到头顶了，城里人都当不成了还挑三拣四的想找什么样的？见大姐油盐不进，爹娘干脆自个儿打起来了。父母吵打了一个傍晚，全村就都知道了我大姐当不成城里人的事。很快，家门口的车水马龙变成了门庭冷落，只留下被磨得发亮的铁门槛在诉说着什么。

大姐变成老姑娘了，整日埋头于一架缝纫机前，自学自练出了好手艺。我也初三了，经过我转送的信已经把大姐床底下的柜子塞满了三个。

大姐的事给了父亲很多启示，于是父亲给我下了死命令，一定要考上中专。父亲认为这是最有把握的蜕变，只要考上了，摇身一变就姓公了。

可大姐成了村人说的最难剃的头。每个人提起大姐都是咂咂嘴摇摇头，感叹，唉，丁梅那孩子，高不成低不就的，老姑娘是要做一辈子喽。即使想嫁人，也只能找个二婚的，就那起码也要备上一份丰厚的嫁妆。

我也算争气，这么些年来不仅成绩好，还通过给大姐送信把字也练得像那个男生的一样漂亮了。我考上了中专，鬼使神差地选了邮电学校。

全家都高兴，鞭炮屑飘了一地，酒宴摆了三天。我却替大姐担心起来，那信呢？信怎么办？往哪儿寄呢？谁给送呢？那男生知道我一年一级地往上跳，可他总不至于未卜先知，晓得我考上哪个学校了吧？

我是心事重重地去省城上学的。

爹娘却撂下了很重的担子，整日舒心地叹息着，接受着众人或真或假的羡慕和夸奖。至于大姐，爹娘再少提起，一副花自飘零水自流的心态。

到省城没多久，忽然接到一封字迹熟悉得让我无法相信的信。是那男生的，里面还有大姐的字。他们结婚了，在信里他们称我为媒人。放假了我才知道，大姐嫁过去时只带了那架缝纫机，还有那三柜子的信。那男生——现在该叫姐夫了，姐夫在街上给大姐买了间店。大姐依靠她的手艺，专门定做服装。

我毕业工作的时候，大姐那间店已经声名远扬了。我每天下村去送信都必须经过大姐的店，店门上有我再熟悉不过的字体：保质保时质优价廉。每天从店门前过，三岁的外甥总在门口的石阶上玩，远远地见我，便踮着脚叫：邮递员舅舅，爸爸让你晌午来家喝酒。

外甥叫念旧。

七岁那年洗了一次手

○巩高峰

二十年来，在我心里最最闹腾的是一只兔子，灰色的毛，浅灰色。七岁那年我第一次看到它时，我正啃着右手的食指，可能还淌了些口水。那根手指一直是我的美味，到现在还白白净净。那兔子不像野兔子，我们家那儿的野兔子大多是棕黄色的，身子长，但是很瘦，抓到了顶多就是做顿排骨。人还没来得及填饱肚子，兔子想长膘，怕是希望不大。但它也不是家兔，我们家那儿的家兔子是白色的，雪白。现在回想起来，尽管大东一直否认我说的那只浅灰色兔子的存在，但是我坚决认定那只兔子是绝对存在的。

那就权且当作它是一只混血兔，是家兔和野兔杂交出来的，或者像大东说的那样，是兔子精，专门迷惑小孩子的。

大东这句话倒是有那么点道理，那会儿奶奶和母亲每天都不厌其烦地叮嘱我，人吃不饱那些妖魔鬼怪肯定也饿着肚子，会变化成东西骗你去洞里的，别自个儿到处乱跑！

我七岁时虽然不胖，倒也白白嫩嫩，放进鬼怪故事里称得上是一顿美餐。

看到那只兔子时，我的眼一下就亮了。我甩了甩手指上的口水，蹑手蹑脚地靠近，还扑了一下，但是没扑到。这没关系，我毕竟是第一次扑兔子。兔子倒也没怕我，仍然保持着缓慢的节奏，抖了几下耳朵，似乎是带领我似的，往荒郊野外走。

等我觉察出不对劲儿的时候，已经晚了，我看到有个跟我爷爷差不多老的老头，有一把白胡子，手里还有根拐杖。我想如果我站在他面前，手里捧两个寿桃，再在他拐杖上拴个葫芦，就是村里每家都挂的中堂寿福图了。老头一脸是笑，看起来比我爷爷慈祥得多，我爷爷总是阴着脸抽烟，不喜欢吃饭。

小家伙，现在你想吃什么？他竟然跟我说话了。听到"吃"这个字，我把手指很熟练很自然地塞进嘴里，才发现手指上都是泥，还有扑兔子时掐断麦苗的一股青腥味。我想都没想，小声说，我想吃兔子腿。

老头哈哈笑了两声，好像还捋了捋胡子，我记不清了。他轻轻用右手打了个响指，我就有些发晕，眼前是幅图画，两只肥大的兔腿似乎要滴油。我知道那不是真的，因为图画四周还有白云似的边。但是我闻得到香味，如果不是手指还含在嘴里，伸手我想能摸到的。

还想吃什么？老头又要打响指。但是我猛地一激灵，我听到自己说猪尾巴。真是笨，这么好的机会怎么能说吃猪尾巴呢。我因为结巴一直没改过来，母亲卖了母鸡买了猪尾巴天天让我只许含着不许咬。但是猪尾巴的味道其实是不错的，虽然猪老是用它来赶苍蝇。

老头微微笑了笑，打了个响指，十条猪尾巴焦红焦红的，还冒着热气。我不知道是不是十条，但是我在学校里最大的数字只学到了十，所以我认为是十条。但是我想我还算是机灵的，所以我马上就艳羡着把目光聚焦到了老头的右手，可怜巴巴地说，能不能让我也能打响指，想看什么就有什么？

老头脸上没了笑，可以，但是那样你就不能再吃手指了。

我思忖了一下，跟兔子腿和猪尾巴比，没滋没味的手指算什么？于是我点了点头。老头拉过我的右手，给我轻轻抹了点什么，麻麻的，痒痒的。

试试吧，小家伙。老头说完话就跟他怎么出现的一样怎么消失了。我没找他，盯着自己的右手手指轻轻打了一下响指，我想吃烧鸡。第一个愿望我是花了不少心思的。大东无数次炫耀过他在县城他大伯家吃过的黄澄澄的烧鸡。于是，我的眼前又有了幅画框，真的是只烧鸡。尽管我没见过，但我肯定那是，而且一定比大东在他大伯家吃的那只要好。

在回家的路上，我一直没让右手闲着，我看了红烧肉烩粉丝、猪嘴唇、猪耳朵、牛蹄筋。当我再也想不起该看什么时，我到家了。母亲见我举着右手发愣，笑着说，中邪啦这孩子。这也是很奇怪的一件事，母亲平时都是铁青着脸瞪大着眼的，因为我总想偷吃给奶奶准备的纯小麦面馒头。我们只能吃玉米面和小麦面掺着的馒头，在嘴里嚼半天也咽不下去。

快去看看，你爷爷今天打了只兔子，你奶奶给你省着条兔子腿呢。

母亲在我后脑勺上轻轻拍了一巴掌。后来，我怨了母亲好多年。因为就是她这一巴掌，把我的奇遇打完了。在我准备启动速度往奶奶屋里跑的时候，母亲恢复了平时的严酷，呵斥我说，先去洗手！

啃完兔子腿我才明白过来，洗了手，那我打响指把手指磨烂了也看不到任何图画了。

后来我跟大东求证这事，因为在进村时我遇到过他，还第一次重复了要求，让他证实一下那只烧鸡是不是比他大伯家的那个要好看。但是大东一直说，狗屁，你是让兔子精勾去了魂。

后来母亲听奶奶的话，生拉硬拽着把我拉去一个巫医那儿叫魂。但是我很长时间都没理我母亲，对她让我洗的那次手，我心有怨恨。

大 鱼

○安石榴

镜湖里有大鱼,不是一般意义上的大鱼。就是说不是一米两米长的大鱼,而是三四十米长的大鱼。

镜湖大鱼的事情虽不及喀纳斯湖大鱼影响广泛,但也终于是沸沸扬扬的了。

这是个噱头吗?抑或是炒作?都不关我的事,我用这样的语气叙述和任何传媒不搭界儿,只因为……等一下!

我的伯父住在镜湖边,是个老林业,年轻时在镜湖水运厂,专门把刚砍伐下山的原木放入湖中,排好,原木就顺着湖水的流向被运出山外。我从来没亲眼见过水运原木的壮观场面,它像一种灭绝的动植物永远消失了。我只见过一幅版画,不过我觉得好在只是一幅版画。

我的伯父安居山中,和伯母养了一头奶牛、两只猪、三箱蜜蜂、一群鸡、一条狗,侍弄一大块园子。

那一次我到伯父家,正是关于大鱼的传说四处播散的时候,但是从没有人通过任何方式捕捉到它。是的,从来没有。

我走进院子的时候,伯父和伯母正在八月的秋阳里采集蜂蜜。伯父穿着一件半截袖的老头儿衫,露着两只黝黑的胳膊,一只脚踏着踏板,蜜蜂们"嗡嗡"地围着他转。我看得心惊胆战——伯父稀疏的头发里、伯母的鼻尖上都有蜜蜂爬来爬去。

我把照相机、摄像机、高倍望远镜等机械,高高架在伯父的院子里,一排枪口一样对着湖面。在这些事情完成之前我没有说一句话,伯父伯母也未理睬我。

我问伯父:"真的有大鱼吗?镜湖就在您眼前,您见过大鱼吗?"

伯父沉吟了片刻,说:"你记好了,什么事情都不能让人知道。"伯父把"人"字说得很重,"人要是知道了,就不妙了。要是人不知道这山里有大松树,那些大树就还活着,现在还活着,一千年一万年也是它。人知道了,那些大树就没有了,连它们的子孙也难活。"

我心里当时充满了探索的欲望,打断大伯,说:"求您说实话,到底有没有大鱼?"

大伯深深地看了我一眼,不吱声。我突然感到不同寻常的异样。首先是大黄狗,刚才还在我身边蹦跳着撒欢儿,这一刻忽然夹起尾巴、耷拉着耳朵、耸着肩膀一溜烟儿钻进窗户下面的窝里去了。几只闲逛的鸡抻长了脖子偏着头,一边仔细听,一边高举爪子轻落步,没有任何声息地逃到障子根去了。

我猛地领悟了伯父的眼神,随即周遭巨大的静谧漫天黑云一样压下来。阳光并不暗淡,依然透明润泽,但是森林里鸟儿们似遇到宵禁,同时噤声,紧接着,平静如镜的湖面涌起一层白雾,顷刻一排排一米多高的水墙,排浪似的一层一层涌来,然后……等一下,你猜对了。

大鱼出现了!

大鱼又消失了!

一切恢复原样。

我带的几件现代化机器等于一堆废铁。是的,我没来得及操作。我懊恼地坐在地上,看着鸡们重新开始争斗,大黄狗颠儿颠儿地跑出院子站在湖边高声吠,森林里鸟儿们的歌声此起彼伏。我忽然想:其他动物或者植物该是怎样的呢?

伯父却淡淡地说:"我们活我们的,它们活它们的,互不侵犯。"又说,"你倒是个有缘的,有时候它几年也不出来一次。"伯母在旁边连连点头。

随后的一个月时间里,我都住在伯父家里。我睡得很少,吃得也很少,基本上不说话,但是心里很静很熨帖。伯父伯母每天仍然愉快地忙碌着,两只猪、一头牛短促的呻吟和悠长的叹息互相唱和,呈现的都是生命的本来面目。

一天晚上,伯母拿出自酿的山葡萄酒,我和伯父喝着唠着,伯父就给我又讲了一个惊人的森林故事。

野人? 外星人? 等一下,别猜了,你猜不对。而且,我和伯父一样,不会说出一个字。

打死也不说。

风 倒 木

○安石榴

　　小瞎子坐在风倒木上，发呆。倒木下是溪流。这棵树被风吹倒的时候，心甘情愿地躺在溪流上，变成了一座独木桥。小瞎子听姐姐说，独木桥是山神送给咱们的礼物，要不，打猎、采蘑菇，我们怎么进山呢？姐姐是这么说的，她没有说还可以坐在桥上哭泣。姐姐常常一个人偷偷坐在桥上哭。

　　小瞎子把手里的玉米饽饽掰成玉米粒大小的块儿，摆在风倒木上。他的一双瘪瘪的眼睛躲在薄薄的眼皮后面，受到惊吓的小兔子似的颤动。他偏着头，脸木僵僵的，微张着嘴，下嘴唇紧绷着下牙，上嘴唇似乎被什么硬器撬起，倔倔地翻挺，白而齐的上牙露在外面。除了眼睛之外，他把脑袋上所有的机灵都抽出来集聚在一起，送到耳朵上。

　　他在听。

　　黄昏退去了，即便是盛夏，夜晚的大森林里仍然冰冷，山林幽森黑暗。阳光下的骄子们屏息隐遁成无影无踪的秘密，夜游的生命挑起无边而沉重的黑色寂寥，人们因此躲在小屋里不敢出来。

　　可是，小瞎子敢，他怕什么呢？黑暗又有什么可怕的呢？他打一生下来眼前就是黑的，小瞎子最不怕的就是黑。

　　飞鼠子开始向风倒木俯冲，它们有穿透黑夜的大眼睛。落在风倒木上吃玉米饽饽的声音和小溪流一样动听,和一棵草、一滴露珠弄出的动静一样可爱。

　　小瞎子挪了一下屁股,玉米饽饽又摆了一溜。又有几只小飞鼠在小瞎子的面前滑翔而过,带来柔软的细风。小瞎子笑了,想,如果自己的头上长了树枝树叶子,那么这会儿必是悠荡起来了。

　　姐姐悄悄摸来,拉住小瞎子的手往家去。两个人走出了林地,转过山脚,邻人的苞米地黄豆地在月光下静默地沉睡。姐姐的呼吸平缓了,拉着小瞎子的手温热了起来:弟,你不怕吗? 飞鼠子都是死孩子的魂儿呢。她悄悄地说,生怕惊扰了什么。小瞎子笑了,脑子里掠过柔软的细风:飞鼠子有什么可怕? 一阵风罢了。

　　姐姐捏了捏小瞎子的手,不知道是责备还是赞许。两个人听着自己的呼吸声和脚步声,半天没言语。大山的后面,月亮底下,传来震颤夜空的长啸,不知道是几只狼。每一次长啸后面都有一段意味深长的停歇,像是某种试探和思谋。姐姐矮了身子贴近他:狼,怕不? 小瞎子几乎笑出了声:狼有什么可怕? 声音罢了。他使劲握了握自己的手,没想到姐姐"哎呀"了一声,抽出自己的手来,甩了甩,重新牵住小瞎子,叹着气:我知道你想什么呢,你不要做傻事。那冤家的确不是人,可是,再忍熬几年吧,等他上了些岁数,说不定就好了。

　　谁他妈不是人啦? 你这娘儿们竟然敢合计谋害亲夫! 一个高壮的黑影从一棵矮墩墩的山柳树后跳出来,直接扑向了姐姐。小瞎子耳朵里全是熟悉的声音,哭声,骂声,拳头砸、脚踹的劲力似乎只有奔扑死亡的一条路了。小瞎子总是不明白,每一次都不明白,他为什么一定要打死姐姐? 他为什么一定要打死我? 可是,小瞎子知道自己再也不要知道这个问题的答案了,那个高大的男人抓住了小瞎子的脖领子,他的脑袋、身子于是像狂风中的树枝一样乱颤。小瞎子把手探向腰间,拔出尖刀,"啊"一声惨叫划破了星空,更结束了黑夜。

小瞎子带上锁子上了路，耳朵里是满满的嘈杂慌乱的声音，他知道是邻人的和乡亲们的。他又那样偏着头仔细听。那些叹息、叫骂、猜测没有一丝遮掩。人们总是那样，他是个瞎子，可是，他们总不经意地又当他是个聋子：完了，小瞎子一定会被砍了头了。这次小瞎子笑出了声，他正了正头，大声说：砍了头有什么可怕？脖子冰凉罢了！像是一声炸雷，炸开了之后便是一片人的沉寂，人们都被小瞎子的话惊呆了，蒙在一种似醒非醒的境遇里不能自拔。

这时候，一个女人嘹亮的哭声从林子里传来：哎呀，风倒木断了，我的羊儿掉到水里了，我的羊儿被断木砸死了！我的羊儿啊……疼煞我啦……

小瞎子站住了，女人的声音缭绕在他的耳边久久不去，不知道为什么，他心里暖暖的，静静地想，我断了头，姐姐也会这样心疼的。于是，小瞎子浑身一热，两股热泪就从他瘪瘪的眼睛里流了出来，小溪流一样不断了。

这是小瞎子平生第一次流泪。

全 素 人

○安石榴

　　我看了看墙上的表，终于下定决心把绿荷赶走，她已经在我耳根子边聒噪了整整一个半钟头，要我把刚买的裘皮大衣退掉。还就此繁衍了更多的话题，仿佛没有被希特勒毁掉的世界将在一瞬间糟蹋在我手里。她愚蠢地说起水，我有主意了，手边的水槽子里有两串葡萄，我把龙头旋到底，"哗"的一声，水像我胸中的闷气一样泻得爽利。

　　"天呐，你疯了！"绿荷睁大惊恐的眼睛，扑上来。

　　我重重地摔了抹布："我已经受够了，绿荷，我无数次请求你饶了我，你却一定要把我钉在耻辱柱上，你还想怎样？我用无磷洗衣粉，从不随地吐痰，自带购物篮，走路上班，不用一次性湿巾，废电池堆在家里……"我换了口气，"你还想怎样？"

　　"你可以做得更好，你凭什么掠夺另一种生命的毛皮来满足自己的欲望？"

　　"够了！"我打断了绿荷，不再给她议论的机会，她那么专业，那么固执，没人可以抵挡。看着她随意放在地上的再生包，我断定它的前世是一条牛仔裤的屁股，电脑刺绣的图案覆盖了两只大而扁的裤兜，我笑了起来："我不愿意像你那样背一个破屁股满世界乱跑。"

　　绿荷愤怒了："你居然如此亵渎！"她抓起那只粗糙而丑陋的布包

夺门而出。

小贝马上就回来了,我不想让她们见面。小贝上初三,正在长身体,学业又那么重,现在红肉一点不沾了。没办法,我只会为了女儿才能做出伤害友情的事情。

但是不安马上纠缠我,我忍不住趴在十七楼阳台向下看。寒冷的冬夜完全渗入这个城市,各种灯的锋芒受挫,发着微弱的迷蒙的光。对面一楼麦当劳门口就是公交车站,那里有几颗伶仃的小黑点,我看不清楚绿荷是哪一颗,一种悲悯弥漫而来。我和绿荷之间似乎有一种宿命,彼此疼爱牵挂,绿荷此时一定被我伤着了。我打开手机给她发短信:"对不起,明天晚上吃个饭吧,权当赔罪了。"

在鹿港小镇,我和绿荷坐在安静的角落,她举起桌子上的消毒筷子:"瞧瞧,就是这样一点一滴给我信心。"

我会意地笑了。在一次性筷子最没节制的时期,我和绿荷出去吃饭时,她总是自备两双筷子。而现在,有越来越多的饭店使用消毒筷子了。

我们的木瓜粥上来了,每一份都配着两盏小巧精致的鲜奶。绿荷一盏一盏地送到我面前。

"怎么,不吃牛奶了吗?"我诧异。

"是的,鸡蛋也不吃了。"

一种很疼的痛涌上来:"又不是杀鸡取卵,你何苦那么矫情。"

绿荷张了张嘴,却没有说话。她不想和我交锋。

看着埋下头去的绿荷,我想起逝去的奶奶,一辈子吃净口斋,荤腥不沾,我不知道她为什么。而如今绿荷也成了全素人,我却是知道为什么的。

她把自己逼得没有退路,全身心沉醉环保,而丈夫却早已不是绿色的了。

难道没有调和的余地吗？绿荷刚刚四十岁，就没有多少头发了，一张清汤寡水的脸，单调的衣服，那个时尚漂亮的绿荷消失得干干净净。

"没办法呀，环保的东西都不时尚，而时尚的东西绝少环保。"绿荷耸着肩膀，不疼不痒地说。绿荷衣着的上限是混纺，下限是棉布，注定没有多少选择。这几年绿荷消瘦得厉害，一件混纺双排扣子的半长风衣实在撑不起来了，就找师傅加了一层棉花，变成一件活里活面的棉褛。她不穿皮鞋，那双脚就永远似老太太般的随便。

但是绿荷绝不猥琐，在饭店大厅的一片珠光宝气之中，绿荷那双清澈的眼睛涤荡了所有俗气，她闪动着黝黑的眸子，兴致勃勃地给我讲起她在青藏高原上调查时的所见所闻。

这样的兴致一直保持到回家的路上。

绿荷竟挽住了我——裘皮袖子，还温柔地把手插在我的腋下。过了好一会儿，她幽幽地说："你的胳肢窝让我想起那些受伤害的动物，我把它们搂在怀里的时候，它们往往气息奄奄了，胳肢窝却总是温暖的。"绿荷长叹了一声，不再说话。

绿荷的柔情给了我一种错觉，在我家楼下分手时，看着瑟瑟发抖的她，我脱下裘皮要她穿上，绿荷却狠狠地甩开，匆匆跑了。

我却染上了风寒，第二天没能起床。绿荷来陪我，吃了药，我很快就睡了，当我醒来时，房间静得可疑。我慢慢推开卧室门，客厅里，绿荷高绾发髻，穿着我的高筒靴、裘皮大衣，正对着镜子一个一个地摆着pose（姿势）。她优雅地旋转了身体，我看到绿荷坚挺的鼻子、骨感的脸一起慢慢扬起，透着一股子誓不罢休的倔强和傲慢。

我的心里，那种很疼的痛又滚涌而来。

绿荷不知道，此时此刻，我是多么想把她搂在自己的怀里。

心 锁

○侯发山

刘师傅因当年小儿麻痹留下了后遗症,走起路来不利索,一瘸一拐的,找不到别的吃饭门路,就在街口那儿摆了个修锁的摊子。随着岁月的流逝,修锁无数的他练就了一手高超的技艺,只要是锁,没有他打不开的,被人誉为"锁王"。因此,他在当地成了不大不小的名人,可以说是家喻户晓妇孺皆知,就连当地的公安部门也和他常来常往,一旦有案件上需要开锁的事儿,便请他去解决问题。刘师傅因有了这手绝活儿,被人敬重不说,娶了妻生了子,日子十分滋润。

为了学到刘师傅的绝技,就有不少人动了心思,有的采取金钱开路,有的利用美色诱惑,有的进行威逼要挟……但他都一一拒绝了。时间久了,大家都知道他的这个古怪脾气,也就没人自讨没趣儿拜他为师了。但是,这并不影响刘师傅的声誉。他心地善良,乐善好施,若你修锁一时没钱,你只管走人就是,他从不开口要,等你下次来一并付了,他却早把这事给忘了,会淡淡地说,有这事儿吗?若是听到谁家有了难事,就让人捎去三十元五十元的。后来,他的年纪渐长,身体也一天不如一天,大家都劝他物色个徒弟:左邻右舍怕丢了钥匙进不了家门;当地的公安部门怕他的绝技失传影响案件的进展……刘师傅便动了心思,心说他这手技术还真不能后继无人,要不然会给大伙带来多少麻烦多少不便啊？于是，他经过层层筛选，初步物色了两个年轻人，一个叫大张，一个叫小李。

这是多少人梦寐以求的好事啊！因此两个年轻人乐得屁颠屁颠的，每天围着刘师傅嘘长问短，跟敬佛似的。一段时间过后，大张和小李都学到了不少东西，配个钥匙修个锁的都不成问题，但他们学的也只是皮毛，还没有得到刘师傅的真传。刘师傅呢，有他的想法，认为他的绝技只能单传，也就是说只能传给其中的一个人。大张聪明伶俐，为人热情豪爽；小李木讷老实，心地善良……两个徒弟各有千秋不分伯仲，传给哪个好呢？刘师傅为难之余，决定对他们进行一次测试，谁的表现好就把真经传给谁。就这样，刘师傅弄来了两个保险柜，分别放在两个房间内，然后让大张和小李去打开。

大张用了不到十分钟就把保险柜打开了，在场的人都为他高超的技术叫好。大张自以为胜券在握，也就掩饰不住一脸的得意。小李用了十五分钟才把保险柜打开，技术明显不如大张。小李红着脸看了刘师傅一眼，但刘师傅并没责怪他。在场的人也都一致地认为，刘师傅要淘汰的将是小李。从另一方面讲，大张是个下岗职工，妻子常年有病，日子说不出的艰难，相比之下，小李的家庭条件要优越得多。

刘师傅平静地问大张，说说你打开的保险柜里都有什么？

大张喜形于色，悄声说，师傅，保险柜里有一沓百元的钞票、一枚金戒指、一块手表、一条项链。

刘师傅转身问小李，说说你打开的保险柜里都有什么？

小李的鼻尖上渗出了汗珠，笨嘴拙舌地说，师傅，我没看保险柜里都有什么，您只让我打开锁。

刘师傅赞许地对小李点了点头，说，好，好，好！然后，刘师傅郑重地当场宣布小李为他的接班人。众人大惑不解，议论纷纷。大张也表示不服气，说，凭什么呀？难道小李的手艺比我好？刘师傅没有说别的,而是拍了拍大张的肩膀,说凭你的手艺和聪明,回去开个修锁的铺子还是饿不死的。大张心有不甘,那样子似乎非让师傅解释清楚他输给小李的缘由。刘师傅叹了口气,遗憾地说,因为你打开了两把锁。大张不解,说师傅你冤枉我,我刚才只打开了一把锁啊。在场的人也都随声附和说,是啊,大张没做错什么啊,刘师傅是不是糊涂了?刘师傅微微一笑,说我虽然老了,但心不糊涂。说罢他转向大张,语重心长地说,孩子,干我们这一行的,必须做到心中只有锁而没有其他东西,心中还必须有一把不能打开的锁,那就是钱财!

在场的人恍然大悟。大张的脸倏地红了。

母亲的手艺

○侯发山

那年她十四岁。要过年了,村里的伙伴们大都穿上了新衣服,一个个兴高采烈得跟找到食儿的麻雀似的。她因为没有新衣服,就猫在家里不愿出去。她从未穿过新衣服,平时都是穿姐姐的旧衣服,不合体不说,衣服上还补丁摞补丁……她觉得特没面子,也因此很自卑,好在她学习成绩一直很优秀。听着外面不时炸响的炮仗,以及伙伴们的欢声笑语,她就斗胆对母亲说,娘,我要新衣裳。母亲就沉下脸,瘦削额头上的皱纹簇成了结,满是厚茧的手轻轻摩挲着她的头,长叹了一声。她竟有些后悔,家里穷,平时的零用钱都是母亲一个鸡蛋一个鸡蛋攒下的,母亲常年有病,没断吃药……母亲沉默了许久,才一字一顿地说,好,娘给妮儿缝条裤子。这时,她苦巴巴的脸上才绽出灿烂的笑。母亲拍了拍她的肩膀,哑着声音说,妮儿,你要好好学习。她使劲点点头说,放心吧娘,我会的。

第二天,母亲就把攒下的一罐鸡蛋带到集上换回了一块布。母亲给她量了尺寸后,当天晚上就到隔壁二婶家去做裤子,二婶家有缝纫机。

大年三十早上,她还在被窝里赖着,母亲掂着一条裤子站在床前,笑盈盈地催她起来。那是一条用帆布(以前厂矿里的工作服布料,俗称"劳动布")做的裤子。这种布料耐磨,而且在农村比较少见,当时谁穿这种布料的衣服跟前几年拥有一部手机一样趾高气扬。因此,她兴奋得嘿嘿直笑,忙从被窝里钻出来去穿棉裤棉袄,最后在娘的帮助下套上了那条裤子。

嘿,两条裤腿上绣着四五朵向日葵的图案,图案的布料是用退了色的布做成的,显然是从旧衣服上裁下的,但图案很好看,图案的边沿给剪得一缕一缕的,像是向日葵盘的叶子,十分逼真。她就一派喜气在脸、滋润在心的感觉,觉得娘真行——娘不但会缝补丁,还会绣花。母亲原以为她不满意,见她如此高兴,也就松了一口气。

她匆匆扒了两口饭,就像只出笼的小鸟似的飞了出去。她要出去跟伙伴们玩,同时还要炫耀一下她的"时髦"裤子。

果然,伙伴们看到她的新裤子,眼睛为之一亮。她们想不到,一向打扮得跟叫花子似的她,也有光彩照人的时候。特别是看到裤子上绣的花,都羡慕得不得了,纷纷围过去观看,甚至用手去摸裤子上的"向日葵"。没想到,一个伙伴用力过猛,把一朵"向日葵"图案边沿的"叶子"给拽掉了,露出了里面脏乎乎的棉裤——原来,那一朵朵"向日葵"是变了花样的补丁!她耳根儿一阵发热,脸腾地红了。大家轰地笑了,都看着她,眼神里满是讥讽。被人家窥见了隐私的那种害羞又惶恐的心情害得她直想哭,她努力不让满积在眼眶里的泪珠往下掉,转身便跑回了家。

母亲正在做年糕,见气冲冲回到家的她满脸不悦,说怎么屁大的工夫就回来了。她狠狠瞪了母亲一眼,麻利地脱下新裤子,揉成一团甩到母亲面前,噘着嘴说,啥狗屁裤子!

母亲气得整个身子颤抖个不停,伸出抖抖索索的手,想打她,高高扬起的巴掌却在空中停住了,最后落在自己脸上,旋即便有晶莹的东西在她的眸子里闪动。她不知所措地低下头,准备迎接母亲的责骂。

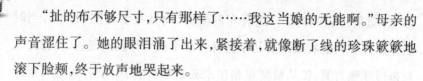

"扯的布不够尺寸，只有那样了……我这当娘的无能啊。"母亲的声音涩住了。她的眼泪涌了出来，紧接着，就像断了线的珍珠簌簌地滚下脸颊，终于放声地哭起来。

自此以后，本来话就不多的母亲变得更加寡言少语了，一天到晚忙个不停，做饭、洗衣、缝补、养鸡……没过多久，母亲就病倒了，再也没有站起来……母亲去世后，她才从姐姐那里得知，为了给她做那条裤子，一直吃着药的母亲停了药！她愈发内疚，扑在母亲的坟头追悔莫及，号啕不已。

所谓的人穷志不短，马瘦有雄心。她发愤读书，考上了大学，留在了城里，生活有滋有味，日子过得五光十色。

有一次，她特意参加了一个服装博览会。她准备买一套高档衣服，荣归故里衣锦还乡。一来让那些昔日嘲笑她的姐妹们看看，二来想回去给母亲扫扫墓。博览会上的服装琳琅满目，令人眼花缭乱应接不暇。据说这些时装都是世界一流的服装设计大师设计的作品。忽然，她看到一位靓丽的模特儿穿了一套牛仔服，那裤子的样式跟当年母亲给她做的一模一样！

她木木地呆了许久，眼里的泪悄悄爬满了脸孔。在场的人都诧异不解，她便哽咽着讲了当年的故事，一时间，大家都沉默了。最后，一位满头银发的服装设计大师感慨地说："世界上所有的母亲都是艺术家。"

爱的礼物

○侯发山

这是很多年前的事了。

那时,海子在镇里的初中上学。有一个在母校念过书的成功人士,可能是个企业家,也可能是个政府官员,具体身份海子记不清了,海子只记得那位成功人士当时带去了好多东西,整整一小汽车后备箱,有书包、笔记本、课外书,还有衣物、饼干等。不管是学生还是老师都很高兴,因为在那个年月,物质十分匮乏,学校就更不用说了。大家众星捧月般围着那位成功人士,把他视为救苦救难的菩萨,如同天方夜谭似的听他讲外面的世界有多精彩……他离开学校后,老师把他带来的慰问品分发给同学们了。由于海子一直品学兼优,分到了唯一的一个文具盒。

说实在话,当老师把文具盒给海子时,海子还不知道它是干什么用的。老师说是文具盒,海子才知道是文具盒,是专门存放学习用具的。文具盒很精致,很漂亮,材质是铁皮的,外面涂了一层花花搭搭的颜色。盖子上的图案是天安门城楼,底面的图案是万里长城,盒子里面还装饰有乘法口诀、课程表格。可以说,当时在整个学校,没有一个学生用过文具盒。那个年代,在偏远的小镇,文具盒尚属于奢侈品。海子只有一杆钢笔,平时不用时是装在娘用布缝制的一个袋子里,若用文具盒装一杆钢笔就有点大材小用,有点浪费了。尽管如此,海子依然爱不释手,很喜欢。

海子的爹死得早,是娘一把屎一把泪把他带大的。海子刚上初中那会儿已经懂事了,不想上学读书,想回家帮衬帮衬娘。娘没有同意,说你不想让娘吃苦受累,就得好好学习,有本事了,娘就能享上清福。为了供他上学,在农闲时节,娘就到上山砍柴,即便是寒冬腊月也不例外。家里条件差,娘连一条围巾都没有。每年冬天,脸上被冻得青一块紫一块的。海子就想,等将来赚到钱,先给娘买上一条围巾。看着手里的文具盒,海子觉得机会来了。

等到了星期天,海子拿上文具盒来到镇里的代销点,想用文具盒换一条围巾。起初,营业员不同意。代销点里没有经销过文具盒,不知道它的具体价格,不愿意换。海子不死心,一会儿叫人家姑一会儿喊人家姨,把营业员叫得很不好意思,不得已才答应海子的请求,让他用文具盒换走了一条蓝色的围巾。海子不敢直接把围巾拿回家,他怕娘不要。想了想,就以"一个好心人"的名义在镇邮电所把围巾寄给了娘。

海子再次回到家后,并没看到娘围上那条蓝色的围巾,海子也不敢多问,他想,娘也许舍不得戴,要等到过年才戴。那时候,只有过年了,人们才穿新衣戴新帽。

年终期末考试,海子又一次名列前茅。当娘得知消息后,一边夸他一边直抹眼角,说海子,你真争气,娘要奖励奖励你。海子以为娘又要给他煮鸡蛋吃——以往每次考到好成绩,娘都要给他煮鸡蛋吃。

海子没有想到,娘变魔术似的给他拿出一个文具盒——盒盖上的图案是天安门城楼,底面的图案是万里长城!

看到文具盒,海子的思维出现了短路,一下子没反应过来。

娘得意地说,这是一个好心人给你寄的。你要好好学习,不能辜负了人家的心意。

　　海子回过神儿来，猜测，准是娘又把文具盒给换了回来。

　　后来，海子去镇里的代销点打听。那个营业员兴奋地告诉海子，文具盒摆在柜台里多天都没人问……一个农村老大娘用一条蓝色的新围巾换走了文具盒。

少　年

○陈力娇

　　列车在沃尔平原上前进了三个小时,丝毫没有减速停下来的意思。它的内燃机出现了故障,紧急制动阀失灵了,列车长尤放急得满头大汗。

　　尤放命令司机,必须在两小时内将机器修好,不然乘务组成员和乘客将无一生还。可是已经晚了,火车的心脏老化了。在这上不着天下不着地的地方,想医好它简直比登天还难。司机急红了眼,说,没办法了,唯一的指望就是请求指挥中心做好扳道工作,尽量减少不必要的损失。

　　尤放知道司机说的没错,他也知道,全车一千五百人的生命就将毁于一旦。

　　列车长尤放走进广播室,将一张纸条递给播音员,然后自己进车长室吸烟去了。

　　广播里立即传出女播音员的声音:各位乘客请注意,火车临时出现小故障,有关人员正在组织抢修,大约一小时内故障会排除。为稳妥起见,列车长动员全体乘客,把你们最需要告诉亲人的话写下来,有条件的乘客可用手机直接与家人联系。

　　女播音员的话音一落,全体乘客间立即出现了瞬间的静止,人们的头脑里迅速盘算着这次事故的分量。两分钟后车厢里出现了慌乱，乘客们炸了窝。

与这极度的吵嚷、烦躁、愤怒比，十五车厢二包厢里却出奇地安静。这里有三位乘客，一位老人，一位年轻的老板，还有一位六七岁的小小少年。他们都是男性，相互间根本不认识。少年长得很好看，他很讨老人与老板的喜欢，他们老早就想和他搭话了，可是少年没有搭话的意思，他一直不停地翻动他的卡通书，听他的随身听，一只小脚丫还不住地打着拍子。

广播里的消息让所有人紧张，老人和老板也不例外。但是有少年在，他们都极力地压制着自己的情绪。老板站起身，想去外面打手机，他有一个一千人的大厂，他要交代一下工作。但是车厢里的人都挤在过道里，嘈杂一片，年轻老板想了想又重新坐下。他心里想，无论如何不能影响眼前的孩子，他太小了，生命刚开始就面临结束。

老板把手机贴在脸上，力争把声音放得平和点。他说，喂，你好吗？和你说件事，家里饭锅里的饭不到万不得已的时候不能动，穿戴该发下去都发下去，有病也要挺下去。

他是在给他的妻子打电话，他用的是他们经常说的暗语，"饭锅里的饭"是他们家存在银行里的钱，"穿戴"是工人的工资，"病"是他们前行中的困难。老板说完这些，又说，我不方便。就把电话挂了。

老人听出了他话里的意思，老人对年轻老板的做法非常满意，他的眼睛一直在盯着眼前的孩子，他不想搅扰了孩子，正在发生的事最好让孩子浑然不知，他幼小的世界里应该充满着幸福，而不是这转瞬即来的狂风暴雨。

老人看年轻的老板把自己重要的事安排完了，就和蔼地对他说，我的手机没电了，能借你的用一下吗？

老板把手机从包里掏出来递给老人，老人拨通了电话。老人的电话也是打给妻子的，老人说，唱诗班的课你替我去上吧，重点还是那首《同心掰饼歌》。接着老人又说，我顺路到另一个城市去，这件事拜托你了，每晚的时间不要改变。

电话挂了，年轻的老板明白，老人是牧师，怪不得面对死亡如此地平静呢。

列车依旧疯狂地奔跑着，乘客在乘警的维护下也渐渐趋于平静，他们已经接受了现实。年轻的老板对老人说，我们睡一会儿吧，也许这一切结束在梦中会很轻松。

老人摇摇头，他说，我们的任务还没完成呢，我们要守着他。他会吓着的。老人的下巴点着少年。接下来他们开始了认真的守望，他们唯恐死亡在来临的那一刻会惊吓着眼前这个刚刚绽蕾的生命。

一个半小时以后，列车在沃尔平原上像一匹暴躁的烈马，疲倦地长嚎一声后戛然停住，人们在猛烈的制动中打了个大大的趔趄，之后是一片不可遏止的欢呼声。

列车长尤放走进十五车厢二包厢，他很兴奋，脸色通红通红。他对躺在床上听随身听看卡通书的少年说，儿子，我们终于可以回家了！少年一跃而起搂住了父亲的脖子。少年说，爸爸，我就知道你是个大英雄！

尤放抱起少年向包厢外走去，就在他要走出包厢时，少年突然回过头，对愣愣地看着他的两个人说，多谢你们的关心。可是牧师，你知道《马太福音》第二十九章最后一条是什么吗？

牧师被这突如其来的问题问住了，他来不及思考就摇了摇头。少年说，我来告诉你们吧，是向前向前向前！少年攥紧的小拳头在空中不住地摇动着。

列车长把儿子抱走了，包厢空了起来。半晌，年轻的老板问牧师，他说得对吗？

牧师回答,他说得对极了,但是《马太福音》只有二十八章,没有第二十九章,也没有"向前向前向前"。

那件事不可饶恕

○陈力娇

我九岁的时候做了一件很出格儿的事,你别猜它是什么,一猜准想法很多。

丁老师是位男老师,男老师也有感情很丰富的,丁老师就是。他教我没多长时间,只短短的一年就给我们这群叽叽喳喳的孩子留下了深刻的印象。他个子很高,脸上有疙瘩,穿着深灰色的中山装,很年轻,却有白头发,低头趴在书桌上给我们讲课的时候,白头发更多,我们不敢看,一看就想摸一摸,那是很硬很硬的,比他的黑头发还硬的白头发。

丁老师教我们一年,和我们相处得很好,说话总是笑呵呵的,生气时也看不出怒气,我们也不惹他生气,只觉得和他在一起温暖,干什么像壮了胆儿似的。比如他领我们挖野菜,挖着挖着挖出一个虫子,不管这个虫子多可怕,只要丁老师在场,我们就可以用刀片把它一割两半,否则,那是借给我们一个胆儿也是不行的,我们会一跳老远,而且会全身出汗。

丁老师照顾我们,爱护我们,关心我们。我们待他像亲人一样,可是在一个酷暑即将过去,新学期开学的当儿,他来到班上宣布了一条消息,说他从此不教我们了,而是去远方看病。话从他口中一出,我们立即"哇"的一声哭起来，开始是不多的人，小声地哭，后来就是全班同学一起大声地哭。丁老师劝我们劝不住，索性不劝了，一件一件数着放在他讲桌里面的、平日我们拾到的各种各样的小东西。丁老师把这些东西都一一放在讲台上，然后声音很低地说，现在我把这些东西分给大家，这都是大家平日里交给我、我又没闲暇让你们认领的，你们现在认一认，看是谁的谁领回去吧。

丁老师开始一样一样地用手中的东西吸引我们的视线，他说，小刀，谁的小刀？于是我们向他手中的小刀望去，一把绿色的铅笔刀在丁老师手中来回地晃，晃了几个来回，一个叫于力力的小个子女同学说，老师，是我的。丁老师说，你拿回去吧。丁力力就一边抹眼泪一边走到老师的跟前，把它拿了回来。丁老师又拿出一支油笔，一支黄色的带有小猫头的油笔，丁老师的手又晃了几晃，刘梦君就把它领了回去。

领回东西的同学，回去之后立即就不哭了，小刀、油笔占去了我们的心思，这样循环了几个回合，丁老师讲桌上的物品几乎被别人领尽了。这时丁老师拿起一个很精美的皮球，绿色红色黄色形成满球云朵的那种，一看就让人喜欢备至，真不知道是谁拾到这么好的东西，舍得交给老师。奇怪的是，丁老师问了几遍，竟没有一个同学去认，但是大家都巴巴地望着老师的手，这情景很让我动心，一种想得到它的心思让我立即抹去朦朦的眼泪，敛心静气观察同学的动静，怦跳的心早被那个美丽的皮球击中了。就在丁老师想把它重新放回盒子里去的时候，我突然冒出一句，老师，那是我的。为了真实起见，我是边哭边说的，九岁的我那时在做戏，并且惟妙惟肖。

老师显然是犹豫了一下，但看到我满脸的泪痕，他相信了我，由于我的座位靠最里面，所以他把这个球亲自送到我的手里。

我得到了一个精美的皮球，却失去了一位老师。多少年后我当了作家,想把这一段故事写进小说,挖掘一个九岁孩子的心灵块垒时,却得知丁老师已不在人世。但是假如他还活着,对一件发生在三十年前的事,肯定记忆犹新,他肯定清楚一个九岁孩子的心理与那个精美皮球的来历。

丁老师把那个皮球给我时,他的手抖了抖,抖过之后那只皮球就落到了我手里,也就在这一刹那,我想起了丁老师的女儿秋秋,秋秋来我们班玩儿时,也曾玩过这样一只皮球,那是和这一只一模一样的、满球红黄绿云朵的、招人喜欢的皮球。

完美童年

○陈力娇

妹妹的孩子叫毛豆,毛豆很聪明,去幼儿园一声没哭。

别的孩子去幼儿园都要上火,哭闹,重者有病,打吊针。

毛豆没有,毛豆一去就赢得了青睐,阿姨让干啥干啥,让他吃饭他就吃饭,让他同小朋友玩他就同小朋友玩。

毛豆平时好给我打电话,三岁的童音听起来稚嫩又令人喜爱。

毛豆从不管我叫姨妈,从来都是叫我阿娇。他电话的内容都是向我汇报情况,说他爸爸出去挣钱去了,说他妈妈在洗衣服。有时毛豆还让我过去看他,目的是想向我要大汽车,说他的汽车都是小的,他需要很大很大的汽车。我知道毛豆理想中的汽车是那种能拉着他到处跑的,绝不局限于玩具的汽车。不便挑破,就只给他买了一个一尺长的、只会自己跑不能拉人的汽车。

看到车毛豆也没说什么,就让他爸爸上好电池,每天和那红色汽车赛跑。

关于毛豆去幼儿园,我们都不太同意,包括我的母亲,还有毛豆的舅舅,只有妹妹自己同意,我们是想让他在家再待半年,至少到秋天,人不发火时再去,可是妹妹不信邪,赶在春天就把他送去了。

妹妹的创举没有让她丢脸,她反倒扬扬得意地向我们显摆,其实我们都明白，是她的儿子毛豆帮了她的忙。由于没有体会到送孩子的艰难，妹妹兴奋得每天都要把毛豆去幼儿园的情况告诉我们，说他的儿子一次比一次乖，一次比一次听话，我们听了都觉得是个奇迹。

当初我的孩子上幼儿园时，哭得简直死去活来，哭得他自己有病，我也跟着满嘴大泡，一直到半个月以后，情形才略有好转。而现在毛豆为所有孩子做下了榜样，也让他的懒妈妈更加有话可说，更加把时间用在把自己打扮成一朵花上。

毛豆上幼儿园的第三天给我打来电话，是晚上，他从幼儿园刚回来。

毛豆说，阿娇，别的小朋友妈妈都给阿姨带纸，带花衣服。

毛豆的话让我沉吟了半天，带花衣服我明白一点，带纸我就有点莫名其妙了，是信，还是字条？

我问毛豆，那你也想让姨妈给阿姨带纸和花衣服吗？

毛豆回答，是的。

我说，为什么呢？

毛豆说，阿姨有了纸和花衣服，阿姨就高兴，就不许别的小朋友在饭碗里撒尿。

我问，谁往谁的饭碗里撒尿了？

毛豆说，13 号往 15 号的饭碗里撒尿了。

毛豆的话让我不能一时全部明白，但也还是多少瞄到一点头绪。毛豆放下电话，我就给妹妹打电话，我诱导她让她给阿姨做一点表示，多少是个心意，就算沟通感情吧。妹妹是个大咧咧的人，没心没肺的一天只顾自己，听我这么一说，回道，还有这说道呀？我说，你别以为幼儿园就是净土，现在天上地上殊途同归。说这话时我有点生气，气妹妹整个儿一什么都不懂。

妹妹最终听没听我的话我不得而知，倒是和毛豆的联系让我知道了一些蛛丝马迹。这天我正忙着写东西,电话铃又响了,我接得晚了些,电话响了四五声我才拿了起来,不想来电话的是毛豆,毛豆一张嘴就哭,他说他妈打他了,我问为什么呀?毛豆无法说得清,看来事情比毛豆的叙述能力稍复杂一些,我说,那你让你妈妈接电话。

毛豆挺有个性,不愿意和他妈说话,啪地把电话撂了,他的意思是让我给他妈打过去。我想想也对,从小就不能服输,从小啥样,长大啥样,一点都不走样儿。

我遵照毛豆的旨意找到了妹妹,我问妹妹为什么打毛豆,妹妹愤怒地说,你知道我那条丝巾多少钱吗?整整一千二百块呀,美国进口的,他可倒好,偷偷拿去给他的阿姨了,阿姨给我时,我能怎么说,我只有顺水推舟说是我让带给她的。

妹妹喘口气,又说,可心疼死我了,你知道我自己都一直没舍得戴。

又说,给你我都没舍得。

看来妹妹是真气坏了,声音里带着沮丧和哭腔,我拿着话筒却笑得差点岔了气,我觉得这事太有专利权了,只有聪明的毛豆能做出来。我甚至想,妹妹让你抠门儿,一物降一物,看有没有能治你的。妹妹见我大笑不止,越发生气,说,你笑什么?你说说你笑什么?

我无法回答,就胡乱地说了一串成语,什么"聪明伶俐","孔融让梨",什么"随心所欲",最后没有成语可说了,用了一句"与时俱进"。

妹妹听着听着不耐烦了,说,行了,我可不听你东扯西扯了,这孩子说是你生的最恰当不过了,都是你给惯的!

妹妹愤怒地挂了电话,剩我一个人不知怎么去衡定我这个可爱的小外甥——毛豆。

井

○胡天翔

井里有鱼!

井里有鱼?

考了小升初,有两个月的假期哩,我和杨红旗没事就去池塘里钓鱼。那些咬钩的鱼儿又小又滑,扯住鱼钩上的蚯蚓就跑,鱼浮子被拉得沉了又浮,浮了又沉,你一拉鱼钩,什么也没钓住;有时,鱼钩钩住小鱼的肚子,被拉了上来。钓着,钓着,杨红旗烦了,就把鱼钩甩进池塘边的井里。鱼钩刚沉下水,杨红旗又提上来,大惊小怪地说井里有大鱼。

我不信井里有鱼。

杨红旗让我看他的鱼钩说:"蚯蚓都被鱼吃掉了。"

又钩住一条蚯蚓,杨红旗把鱼钩甩进了井里。看杨红旗满怀信心的样子,我也把鱼钩甩进了井里。

"你就像那一把火,熊熊火光照亮了我……"杨红旗得意地哼着小曲,我则紧紧盯着鱼浮子。

我们没注意队长杨喜从村子西边过来了。走到井边,杨喜一把揪住了杨红旗的耳朵说:"小屁孩儿,不知道井水是吃的嘛,在井里钓鱼!"

"井在俺宅子里,想钓就钓!"杨红旗一扭头,挣开了杨喜的手。杨红旗有点不服气。是啊,我们队的井确实在杨红旗家的宅子里。

"小崽子,井在你宅子里,就是你家的了?我看你爹敢说井是你家里的吗?杨铁头,你给我出来!"杨喜喊杨红旗的爹杨铁头。

杨喜话声一落,杨铁头就从屋里蹿出来了。

看见爹来了,杨红旗拿着鱼钩杆跑了。

见杨红旗跑了,怕杨喜找我的事,我也拿着鱼钩杆跑了。

傍晚,我跟着四叔去井里打水。四叔挑着扁担,一头挂一个水桶。到了井边,四叔用扁担上的挂钩钩住水桶,往井下一顺,左漾右摆,水桶一歪沉进水里,咕嘟,水满了。哗一声,提上一桶水;哗一声,又提上来一桶水。水清得见桶底,哪里有一条鱼的影子。

其实,杨红旗没说假话。井里确实有鱼。

那个夏天,天又热又旱,连着一个月没落一滴雨,再加上村里人抗旱浇地抽水,池塘里的水落下去了大半截,那些大鱼在水里游,都能看到脊梁骨了。起鱼的日子来了,村里的男女老少都下塘捉鱼,有网的拿网捉,没网的拿鸡罩罩,没鸡罩的用手摸。池塘里成了一片泥浆。鱼起了,堆在一起的鱼像一座小山;按照放鱼的份子钱,不说每家都分的鲢鱼了,光逮的鲫鱼、鲇鱼都有十几斤。晚上,村子里弥漫着炸鱼块、炖鱼汤的香味。

塘里的鱼起了,井里的水却浑了,提上来的水还带腥味。该洗井了,村里的年轻人挑着空桶来了,一桶桶水打上来,倒进池塘里,井里的水越来越少。杨红旗往井边上凑,又被杨喜揪住了耳朵。

"小崽子,井是你家的,你下去清淤吧!"杨喜说。

"他?蛋子还没长硬哩,让他爹下去还差不多!"四叔说。

"有你胡老四,用得着俺?俺倒淤泥还差不多!"杨铁头说。

扁担已经够不到了,换了长竹竿。两只水桶一齐下井,一桶桶浑浊的井水哗哗地倒进池塘里。水桶的底粘上黄泥了，井里的水不多了。该下井清淤泥了，粗缆绳拿来了，一头拴在井旁的树上，一头拴在四叔的腰上。四叔抓着绳子下到了井底。他只穿了一个大裤头。没想到井里真有鱼。四叔共扔上来六条鲫鱼。

"我说井里有鱼，没骗你吧!"杨红旗得意地说。

水桶放下去了，一桶桶泥水拉上来了，一桶桶淤泥清上来了，杨铁头都倒在他家的杨条树根上。让杨红旗高兴的是，淤泥里竟爬出来八条泥鳅。

井洗了，被堵的泉眼又渗出了清清的泉水;泉水越涌越多，四叔被拉了上来。

"洗井还能逮鱼，明年，咱俩也下去洗井吧。"杨红旗对我说。

"中啊，到时候，看谁还说你的蛋子没长硬!"我说。

过了七月，我和杨红旗去陈店读初中了。上学、放学，我俩常说起洗井的事。我们盼着洗井的日子快点来!

洗井的日子没来，打压井的人却来了。杨喜家先打的压井。压井打得深，压上来的水比井水还清。

前后左右的邻居，都去杨喜家压水，杨喜的老婆便有意无意地说，半年，他们家的压井就换了三个皮垫子。谁家有也不如自己家有方便哩! 村子里，越来越多的人在家门口打了压井。连杨红旗家都打了压井。守着土井，杨铁头也不去打水了。

村里人不吃井水了。土井没人管了，井里落满了枯叶树枝。有一只翠鸟在井壁上凿了一个窝，从井里飞进飞出，去池塘里捉鱼。池塘里的水越来越浅，井里的水越来越黑，那些树叶枯枝把井水沤臭了。村里人都用压井了，土井没人来打水了，杨喜也就不喊人洗井了。

在陈店初中，杨红旗只上了一年，就不上了。

杨红旗说:"日他娘，语数外没有一门及格的，还是给俺爹省俩钱吧。”

不上学了，杨红旗跟着搞建筑的人出去打工了。

没人洗井了，井里的水越来越浅，淤泥越积越深。终于，在我考上高中的那年冬天，趁杨红旗打工回来，杨铁头叫着儿子从地里拉回来三架子车黑土，把井填平了。春天来了，杨铁头在填平的井里挖了一个树坑，栽上了一棵白杨树。那棵白杨树长得很快，三年就碗口粗了，比那些早栽两年的树长得都快。

井都没有了，我和杨红旗还洗个啥。

我上学，杨红旗打工，我们都成了背井离乡的人。

河

○胡天翔

河很小,小得没有自己的名字。

它从我们村前流过,村里的人就叫它南河。

夏天,大雨砸了一个上午,池塘里水满了、溢了。吃过午饭,雨小了,我穿上雨衣,掂着水桶,扛着铁锨和抄网就去了南河。庄稼地里的水顺着地沟流到水沟里,水沟里的水哗哗地往南河里流,南河里也是水涨浪涌,水草摇摆。我用铁锨挖土,在水沟两边垒堰,留中间空隙淌水,好下抄网堵鱼。一会儿,我就堵了几条鱼。有鲫鱼、泥鳅、刀鳅、窜条、咯牙,鱼不大,最大的鲫鱼也没三两。不一会儿,杨红旗也拿着抄网过来了。见我先占了村里的水沟,杨红旗过了桥,到对岸去碰运气了。那儿有一条从庞围子流过来的水沟。村里人也来了。他们在桥头上站站,拿棍拨拉下桶里的鱼,说"鱼太小",就沿着南河往东去了。东干渠下,有人在南河里下网堵鱼。人家的网大,堵的鱼也大,都半斤斤把。

桥东边长着一片芦苇。芦叶丛中的一只水鸟嘎地叫了一声,飞走了。循声望去,我看见它振翅往村子里飞去了。回头,我就看见了那条大鱼。那是条大鲶鱼,从南河逆水游到水沟里的。那条鲶鱼太大了,比我的胳膊还长。鲶鱼游动时,身子在水里时隐时现,我能清晰地

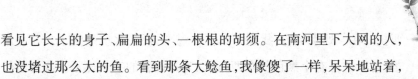

看见它长长的身子、扁扁的头、一根根的胡须。在南河里下大网的人，也没堵过那么大的鱼。看到那条大鲶鱼，我像傻了一样，呆呆地站着，没用抄网去捉它。我被它吓住了。水太浅了，感觉到此路不通，鲶鱼扭身顺着水沟又往南河里游。鲶鱼摆着长长的尾巴，优哉游哉地游着。它没把一个十岁的少年放在眼里，也没把少年手中小小的抄网放在眼里。我的抄网最多能罩着它扁扁的头。真的，我没想到拿抄网去捉它。我只是静静地看它，看着鲶鱼游回南河里。为多看它一眼，我掂着抄网跟着它。我看见鲶鱼在河边的芦苇丛中钻来钻去，那些芦苇杆被它碰得一阵阵晃动。后来，它摆着尾巴钻进了桥洞，我还跑到桥西边去看。大鲶鱼没有从桥洞里浮出来。它沉到水中，游走了。我握住抄网站在桥上，呆呆地望着水面，看到一片片浪花在翻滚。

"亮子，你不堵鱼，看啥哩？"杨红旗喊。

"一条大鱼游走了！"我对杨红旗说。

…………

上初中，读高中，师专毕业，我背着包袱又回了村里，成了村里的反面典型。谁家孩子给爹娘要学费，要得大人心烦了，大人就会拿我教育孩子："要钱！要钱！就知道要钱！不读了，亮子上了大学不还是回家赶牛腿（唉，我们家都没牛了）？"

没有工作，我都没脸在村里闲逛。想人家杨红旗，中学都没读完，靠着那把瓦刀，一年打工还挣一万多哩。我读高中时，杨红旗就娶了媳妇；现在，杨红旗的女娃都喊我伯了。那个秋天，我也基本上是躺在床上度过的。我整天吃了睡，睡了吃，一台黑白电视，我能看到闪雪花。父母看我整天憋在屋里，怕我憋出病来，就让我到南河里去放羊。

南河里的水干了，河里不长水草了，长了茂盛的青草。只有人家挖的水坑里还有浅浅的水。那天傍晚，羊在河床上吃草，我坐在岸上看小说。看得累了，抬头一看，两只羊却不见了。我连忙顺着南河往西找。在一处水坑边，找到了羊。羊渴了，要去水坑里喝水。我去赶羊，见水坑里有个黑色的东西，还以为是谁丢的玉米棒子。我挥着竹竿，咩咩地赶着羊走。"哧——"，那个"玉米棒子"在水中蹿起来。原来是一条乌鱼。二十岁的我连鞋都没脱，站在水坑边，伸手就把乌鱼抓了上来。乖乖，有一斤多哩！晚上，喝了乌鱼汤，我躺在床上想，南河里不会再有鱼让我白捡的！村里的年轻人都进城打工了，我连小四轮都开不好，我在农村能干个啥？我决定去Y城打工。……

感谢那碗乌鱼汤，给了我打工的勇气。孔子曰："三十而立。"我立了吗？虽说成了家，住的房子是银行的（按揭）；虽说有了工作，养家糊口而已。老子曰："知足之足，常足。"我虽不能做到长乐，已知足了。每到年底，携妻带子坐公交车回老家过年，总算能用天伦之乐，稍稍宽慰爹娘的白发。

年底，家里也忙。过油、炸果子、切菜、打包子，妻子帮母亲干活。儿子怕狗，不愿意跟爷爷串邻居，我就带着他去南河里玩。在村口，见到了杨红旗。两年前，他就盖起了两层的楼房。他的第二个女儿已十二岁了，听说他的楼房是为第一个女儿盖的。他想招个上门女婿。

出了村子，顺着水沟向南。我看见水沟边随处都是烂鞋、旧衣、猪屎粪。在冬日的阳光里，水沟弥漫着刺鼻的臭味。南河，连青草都不长了，河里满是干枯的蒿子。有雨水的滋养，蒿子长有齐腰深，成片挤在一起。野火烧不尽，春风吹又生。童心萌发，我点燃了岸边的茅草。"呼——"，风来了，茅草引燃了河底干枯的蒿子。"呼——"，风又来了，一条火龙在南河里蜿蜒。三岁的儿子很激动，跳着脚拍着手喊："火！大火！"

站在岸边，我看见一条燃烧的河。

好大的火！

卖　树

○胡天翔

　　晌午了。一团团青烟从烟囱里蹿出来,南风一吹,向北漫过堂屋的脊瓦,溜进屋后树木繁茂的叶子间,消失了。那是一片白杨树。一棵棵白杨长得又高又粗,无数的叶子在风中轻轻摆动。

　　在院门左边的灶屋里,女人坐在锅台前的木墩子上烧火。中午吃捞面,把锅里烩的番茄鸡蛋汤盛进汤盆,女人在锅里又加了两瓢水。一把把芝麻秆顺进灶里,火舌舔着锅底。水响了、滚了,一锅面条下了锅。怕面条搅成团,女人拿筷子在锅里荡了荡。面条一熟,女人用漏勺捞进铝盆里,浇上凉水,过了两遍。

　　女人坐在院子里捣蒜泥。这时,一阵呼呼啦啦的响声由远及近而来,是自行车的声音。男人回来了?女人停下来,拿着捣槌望着院门。呼啦声小了,虚掩的院门开了,男人推着自行车进来了。

　　怎么回来这么晚?女人问。

　　吴小利进城送板材了,晌午才回来。男人说。

　　将自行车支好,拉开车把上帆布兜的拉锁,男人从里抓出一卷粉红票子,蹲在地上一张张数起来。男人数了两遍,女人数了一遍,都是四十六张。四千六百块钱,不多不少。

　　啥时去给石头寄学费?女人问。

吃过饭就去。男人说。

嗯，都开学半个月了。女人说。

吃饭吧！男人在井台边的水盆里洗脸洗手。

女人进了灶屋，去盛饭，捞面条。

吃过饭，男人拉开堂屋东边桌的抽屉，拿出一个小本子，翻开，找到石头的地址，抄在一张烟盒纸的背面。四十六张"大团结"，男人数了三十张，用烟盒纸卷住，又塞进了帆布兜，推着自行车出了院子。

男人去了镇上的邮政所。

洗碗刷锅，女人端了一大盆麦麸子水出了院子。"老黄"还拴在屋后的树林里。"老黄"是头老母牛，刚怀上牛犊子。天热，女人要给"老黄"饮点水。卧在树荫下的"老黄"看见女人，哞哞叫着站起来。"老黄"喝着水，牛虻和蝇子却趴在"老黄"的屁股上、腰上吸血，女人一巴掌一巴掌地拍过去，拍死了五六只大牛虻。盆里的水浅了，"老黄"伸出舌头卷、舔盆底的麦麸子。女人挠着牛的脖子说，"老黄"，明年，你就不能在这树荫下乘凉了。

是啊，这些杨树已经卖了。

到了冬天，买树的吴小利就要来锯树了。

这片杨树一共三列、十五棵，还是女人来相看那年种的。是三月吧，女人来相看。女人对男人还满意，也不嫌弃作为新房的三间黄泥屋，虽然除了墙根是砖垒的，墙是黄泥砌，屋顶没有一片瓦，铺的是茅草。只是看到宅子外面光秃秃的，女人要男人栽些树。栽！栽树！男人的父母说。男人是家里的老大，下面有三个弟弟。看着儿子们一个接一个都长出了胡子，男人的父母也心急，成家一个是一个呢。女人前脚刚走，男人后脚就去林场赊了四十棵杨树苗。一家人全动手，挖坑、提水、浇水、培土，天黑之前，四十棵杨树都栽上了。

亲事就这样定下了。

　　过了年,青麦扬花,二十岁的女人穿着红袄,披着红围巾,坐着娶亲的马车,从小谢庄来到了杨楼,嫁给了男人。女人先是生了个丫头,取名叫小荷;后又生了儿子,取名叫石头。日子一天天过去,小荷和石头越长越高,四十棵杨树也越来越粗。石头去城里读高中那年,扒旧屋盖新房,架梁、用檩条,男人锯了十棵杨树;小荷出嫁那年,拉院墙盖灶屋,买砖头、水泥,男人又卖了十五棵;四十棵树,就剩屋后的十五棵了。昨天,这十五棵杨树也卖了。要给读大学的石头缴最后一年的学费。

　　给石头缴学费要紧,明天去小吴庄拿现钱。吴小利说。

　　树叶没落哩,树还长,等冬天我再来锯树。吴小利说。

　　不能让树在宅子里白长,多给你一百块钱。吴小利还说。

　　树贩子吴小利是真相中这十五棵白杨树了。

　　日子过得真快啊。这些杨树已经长了二十八年,都有一搂粗了。特别是挨粪堆的那一棵,女人张开双臂抱住树干,两条胳膊使劲伸,两只手的中指还挨不到一起。

　　看到日头偏西了,该下地除草了,女人拿着空盆回了院子。

　　石头爹到镇上了吧? 女人想。

　　到了镇上邮政所,男人走进了营业厅。在一张汇款单上,填了金额,抄下烟盒上的地址,按照惯例,男人会在附言栏里,写上"好好学习、别乱花钱"八个字。可是,想到石头明年就毕业了,男人就不想写这句话了。写什么好呢? 男人想了想,写了一句话。

　　三天后,省城某学院的学生杨小石收到了一张汇款通知单。

　　在汇款单的附言栏里,他看到了七个字:屋后的杨树卖了。

奶 奶 树

○陈　敏

　　奶奶是个能干的人，是最爱我的人，但也是个最心狠的人，一直以来，她始终坚持不让我们为爷爷祭扫。这个心结在我心头数十年，直到奶奶去世的前一天，才迟迟将它解开。

　　奶奶和爷爷的姻缘如同白日的梦魇，眼睛刚闭上，就被惊醒了。醒了，却发现，她的男人是个"大烟杆子"。

　　他歪斜在炕头，将自己笼罩在烟枪喷出的烟雾里。他不屑于她青春的容颜，只将他空洞的眸子苍蝇般盯向她黑黝黝的发髻，她高高盘起的发髻上别着一枚金子打成的发簪。

　　奶奶用手捂着日渐凸起的肚子，苦苦哀求，可爷爷的毒瘾已深，怎能听得进劝？他趁奶奶熟睡的空儿，偷卖了金簪，获得毒资。奶奶哭得背过三次气。

　　自爷爷变卖了奶奶的发簪，换得他体内所需的"养料"起，他的脸色剧烈变化，最后竟比金发簪的颜色还要黄了。慢慢地，祖上留给他的三亩田地，一排崭新的瓦房也被他一点点地抵押出去，魔鬼般幻化成一股股白烟，穿过他嘴里的烟枪，"噗噗"地冒了出去。他的手臂已不是手臂，分明是两节朽木。他的身体成了裹着一层皮的骨架。

　　奶奶被迫拉着四岁的我的父亲和"行尸走肉"的爷爷搬进了一间

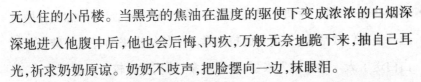

无人住的小吊楼。当黑亮的焦油在温度的驱使下变成浓浓的白烟深深地进入他腹中后，他也会后悔、内疚，万般无奈地跪下来，抽自己耳光，祈求奶奶原谅。奶奶不吱声，把脸摆向一边，抹眼泪。

坠入毒海中的人，扑腾不了多久，肯定活不长。亲朋好友私下里偷偷给奶奶宽心。果然，生命在爷爷三十二岁时戛然而止。好在他们有儿子留存，奶奶知道自己不会孤单一生。

奶奶把自己关进屋子痛痛快快地哭了一场，然后走出来，宽慰在场的人：哭啥呢？有啥好哭的？微笑着向前来帮忙的人递烟敬酒。

奶奶在爷爷下葬后的第七天，绕着爷爷崭新的墓堆亲手植下了七棵树，七棵椴树。她取椴的谐音，以树为刀，在阴阳两界狠狠一挥，劈断了她和爷爷前世的一切恩怨。奶奶从此努力让自己的一双小脚坚强地站在大地上。

她干活儿最舍得出力气，好像跟活儿有仇似的，非得将它赶尽杀绝。奶奶给别人做短工的几年里，没剪过手指甲，她十个指头上的指甲从没长长过。她赌气，用使不完的蛮力来弥补她在婚姻上犯的错。奶奶在她三十六岁那年，终于赎回了爷爷抵押出去的瓦房。她的脸上洋溢着大功告成的喜悦，做了一大桌酒菜，把我父亲叫到跟前，说：那个死鬼把我们家坑死了，现在三年已过，以后你就不要去给他上坟了。

我长大后，多次萌生给爷爷上坟的念头，可我的念头刚闪出来，就被父亲搪塞回来。父亲每次敷衍我时，都会有意无意地偷瞥一眼奶奶。见奶奶不发话，我们也不敢吱声。记忆中，我从没给爷爷扫过墓。

奶奶七十三岁的时候，开始正式发挥她做女人的特长。奶奶喜欢上了纳鞋垫。她把各色各样的布头用糨糊糊在一起，贴在门板上，等晾干了，取下来，剪成鞋样，开始一针一线地纳。鞋垫是十字绣的，款式多样，针脚细密认真，漂亮别致。很多女人赶来欣赏她的作品。有刚刚做了新媳妇的女人，佩服她的手艺，三五成群赶来学习模仿。还有一些老人,她们手脚和奶奶比起来,虽已不再灵活,却愿意坐在她身边一边做针线活儿,一边和她拉家常。奶奶纳出来的每一双鞋垫全都白白送了人。熟悉的人来了,想拿就拿,她从不计较。一些陌生人,只要能和奶奶搭上几句话,便很容易得到她一双鞋垫的馈赠。她不停地纳,从不让自己的双手闲下来。这一爱好奶奶一口气坚持了十年。

奶奶八十四岁的时候,突然说想去爷爷的墓地看看。父亲和我手忙脚乱,连忙准备纸钱、祭品。我们很想给爷爷补上一次坟。可奶奶连连摇手阻止:不就是去看一下?何必大动干戈?

奶奶瞥都没瞥爷爷一眼。隔着一定距离,奶奶说:"还是把我葬在他身边吧,但一定要用树隔开。"

奶奶当晚躺下后,再也没站起来。奶奶在父亲的梦中,留了条遗言:"我需要七棵柏。"

父亲遵照奶奶的梦嘱,在她的墓边植了七棵柏。

奶奶的墓虽然紧挨着爷爷,却被柏树严严实实围着,看上去是那么倔强而独立,一如她生前的性格,不亢不卑。

情感种植园

○陈　敏

　　那年夏天,女友和丈夫分手了。原因简单而俗气,女友的丈夫被她的胞妹掠走了。他给了她十万元,几乎像逃一样地离开了她。

　　心情好黑暗! 她几乎分不清孤独和羞辱的界限。在前景茫然的绝望中,她请求情感专家的帮助。专家说:先从情感中走出来吧,想一想你有没有其他的嗜好。她想了一整夜也没想出来。天亮时分,一个念头像鸟儿一样跳进了她近乎麻木的脑袋:她曾经那么渴望过拥有一个属于自己的种植园。毕竟园艺学是她曾主修过的专业。

　　她为自己租了一个小小的种植园。她在园子里种上了多种花木。她还专门辟出了一片空地,栽种品种各异、花色齐全的郁金香。

　　郁金香是春天花坛上的美丽公主,当冰雪融化、冬天结束的时候,郁金香就开得夺目灿烂了。

　　为照看好这些植物,每天早上起床后,她总是先要去园子里查看,看看它们是否发了芽,开了花。她了解土壤、肥料、嫁接知识,清楚每一种花草的特性。不到半年,她的郁金香走向市场,给她换回了一笔可观的收入。她让种植园再次扩大。几年后,女友的种植园就扩大到一百多亩地。

　　我曾多次在媒体上看过女友和她的种植园的报道,心里总羡慕着,但却抽不出时间去看她。直到这个夏季,当我也在情感之路上把魂走丢了的时候,我才突然想起她。我决定去看她。

女友当年的情感遭遇像流行病一样传染给了我。唯一不同的是,拐走我丈夫的女人是我的一个闺友。我忍受不了两人世界的三人行。我想放逐自己,抛开以爱为名的种种束缚。

女友陪我抽完了生平中抽的第一支烟,又递给我一杯苦咖啡,说:来! 把生活的苦拌进咖啡的苦里,饮进我们的心!

女友秀丽沉静的外表,让我不禁有些怀疑:她就是那个拥有一百多亩种植基地和数万株郁金香的女人?

女友把我引进一个明亮得像玻璃宫一样的房子,说:看,这里是医治有病花木的温室,它们曾是我售出去的花木,被环境摧残失去了生机,时间久了将会慢慢死去,于是过早地被主人丢弃。我让人捡回来,在这里给它们医治。总有一天,它们会慢慢地恢复生机,开放出绚丽的花朵来。

女友的一番话让我的眼睛里有了泪光。受过摧残的花木们尚能恢复生命,受过摧残的人心呢? 还能不能得到治愈? 女友似乎读懂了我的心思,说:其实,植物和人一样具有灵性,与其说是我们在医治生病的花木,不如说是花木在医治我们。

女友停顿了一下,说:这是一份绝交书。我问女友是否准备原谅他们。女友浅浅一笑说:我已经原谅他们了。真希望他们就是两株生病的植物,这样我就会把他们迎进玻璃房给他们医治。她的声调从容而恬静。

花木净化了她的心,让她看上去比以前更加大度,更加清纯妩媚。

女友的一番话让我心底一片澄明,我想我已经走出了情感的沼泽地,而且,我也有了自己的嗜好。

明天我就去一家慈善机构应聘。

省　亲

○陈　敏

　　李大春回国了。消息传开后,整个镇子一下热闹了起来,李大春回国省亲了,街坊四邻奔走相告。李大春当年的许多哥们儿更是拭目以待。他们迫切地等着看衣锦还乡的李大春到底变成了什么模样。听说中国人在国外待的时间长了,模样都会变的。大家都等着看李大春的鼻子有没有变高,头发变黄了没有。

　　而等待最为迫切的还算李大春本家的几个弟兄。他们都明白李大春在国外混出了名堂,公司都开了好几家,在国内沿海地区还拥有好几个码头呢。他们也隐约知道李大春这次回来是要认养一个孩子。李大春在美国娶了个洋媳妇,因为洋媳妇过于肥胖而失去了生育能力,李大春一直没有孩子。弟兄们都替大春惋惜起来。这混得牛高马壮的李大春咋就生不出孩子呢?看来人太富裕了不是一件好事!再看看自己这些穷家模样人的老婆,生孩子跟母鸡下蛋似的,他们每家都至少有两个孩子,有的甚至偷偷地生了三个。

　　李大春在人们的议论声里果然回来了。让人始料未及的是,他竟然是坐着一辆蹦蹦车回来的,如同当年离家时那样。唯一不同的是:当年载他进城的蹦蹦车上绑着一朵绸子做的大红花。

　　蹦蹦车发出很大的"突突"声,颠簸着,一直把他送到了村口。

好一个李大春，你再穷也不至于坐蹦蹦车回乡吧？如今的蹦蹦车多半是用来拉猪拉羊的，连穷人都不愿意坐了！

现在的洋人都爱开土窜，这有啥稀奇的。一些人嚷嚷着。

李大春没有像人们想象的样子衣锦还乡，他的鼻子依然又塌又扁，头发不仅没有变黄，反而有些发白。随身携带的只有一个皱皱巴巴的皮包。让人不禁失望起来。而最失望的还要数他本家的几位弟兄了。他们翘首以盼的李大春当晚就向他们宣布：他不想认养自己本家的任何一个孩子。

兄弟们全都傻了眼。为能让自己的孩子被李大春选中，他们可是费了不少工夫，提前半年就对孩子们进行了秘密的培训，有的甚至给孩子取了英文名。大家鼓胀的情绪像充了气的皮球，在听到李大春的话后突然蔫了。

可不管怎样，李大春都是有头有脸的人。当年的李大春可是不得了，以全省理科状元身份考进北京，市长都专程赶来为他披红戴花。这次，他回乡了，风声不胫而走，又惊动了市里，市领导派人开着小车专门来看望李大春。

可李大春一大早就出门了。他说要去镇子里兜风。他依然是坐着蹦蹦车出去的。他为自己租用了一辆蹦蹦车，车主是他小学时的一个体育老师。

他们看了半天的风景，最后在一个孤儿院门前停了下来。李大春说要去看看里面的孤儿。人们还以为他要给孤儿院捐款呢。不过，看他这副模样，一点儿都不像捐款人的样子。

李大春没有给孤儿院捐款，而是从孤儿院里挑出了三个孩子，两个男孩，一个女孩。李大春带着三个孩子去河边玩，他和孩子们打水漂，抓蚂蚱，又带孩子们去镇子里下了馆子。孩子们简直乐坏了。

李大春让孩子们谈谈各自心目中最大的愿望。女孩踊跃发言，她

说:我最大的愿望是嫁个有钱人,什么活都不干,只坐在沙发上看电视,然后再生一大群孩子。李大春亲切地抚摸了女孩的脸,说:这个愿望不难实现,但可能不太符合中国国策。李大春又问两个男孩将来最大的愿望是什么。一个男孩说他最大的愿望是能当个官儿,当个很大的官,像过节日时来看他们的那些官儿一样,长一个很大的肚子,看上去很威风。李大春被逗乐了。他拉着男孩的手说:这个愿望不错,但有些大,祝你好运!

另一个男孩的愿望有些与众不同。他说他将来什么都不想做,只想捡垃圾。李大春"哦"了一声。他觉得这个孩子有点新鲜,就问:你为什么要捡垃圾?男孩说:捡垃圾来钱来得快。他问:你挣钱做什么呀?男孩说:挣钱买一辆摩托车。他再问:买摩托车做什么呀?男孩说:有了摩托车,我就跑得快。他又问:跑那么快做什么呀?男孩看了李大春一眼说:跑得快就能把最好的垃圾捡回来,卖更多的钱。

李大春停了一下,再问:有了更多的钱后做什么呀?

有了更多的钱后,我就买一辆车!孩子理直气壮地答道。

李大春放低嗓音,轻声地问:你买车做什么呀,孩子?

男孩说:我买车来拉垃圾呀!

男孩很执着,他把那个"拉"字念得很重。

李大春很久都没说话。他的手轻轻地落在孩子的头上。

三天后,李大春离开了镇子。他把那个要捡垃圾的男孩带走了,带到了美国。

小荷的经典语句

○孟宪岐

小荷来单位上班那天，几乎所有人的心里都暖乎乎的。

因为，小荷微笑着，跟他们都问了好。

大家就都笑呵呵地学她的样子说："你好！祝你快乐！"

学完，大家都嘻嘻笑。笑完，都觉得这话好听，听着心里滋润。

况且，小荷还是一个漂亮的小姑娘。大眼睛，黑黑的，有精神。小嘴，樱桃般，唇红齿白。圆圆脸，翘鼻子，耐看。男士看着养眼，女士看着舒服。

大家以为小荷也就是两三天的新鲜。哪个新来的人不是这样谦卑恭敬？

可大家想错了。

小荷可不是一时心血来潮。她的问候一直延续至今。

悄悄地，现在单位的人见了面，都会说："你好！祝你快乐！"

这句话，成了单位使用频率最高的语言。

小荷是农村孩子，重点大学毕业后，考上了公务员，进了这个单位。

领导跟她说："你就去办公室吧。"

小荷笑眯眯地答："行。谢谢！"

办公室主任说:"你就在办公室打杂吧。"

小荷依旧笑眯眯地答:"行。谢谢!"

小荷就在办公室打杂。扫扫地,接接电话,再就是开会时当当服务员。但小荷却把这个杂打得有滋有味。办公室总弥漫着淡淡的香味儿,地板光滑,窗明几净。单位管着全市的有线电视,许多迷糊的用户往办公室打电话,态度生硬,有的连吵带骂。小荷接电话,和风细雨。

那回有一个人打电话,小荷和蔼地说:"您好,我是广电局办公室,请问您有什么事吗?"

对方粗鲁地吼:"好个屁!电视都没影没声啦!还好啥?"

小荷继续说:"您好!请问您住在什么地方?"

对方仍然粗鲁地说:"你甭管我住在什么地方,你们是干什么吃的?白吃国家大米干饭了!"

小荷接着问:"您好!请您告诉我您的具体地址,我们会第一时间通知相关部门派人去维修的!"

对方"咔嚓"一声把电话挂了!

小荷莫名其妙地自语:"怎么会是这个样子呢?"

办公室主任不屑地说:"这样的电话不要接,告诉他维修电话就行了!"

小荷笑笑:"主任您说如果您是用户,正津津有味地看节目,电视信号突然没了,您咋想?我们不急他们急呀!用户是上帝,上帝发怒了,我们不能发怒。"

小荷在办公室干了半年,播出机房的女同事休假生小孩,需要有人去值班。

领导说:"小荷啊,你去机房顶顶班,暂时的。"

小荷啥也没想:"行啊!谢谢!"

小荷就去机房值班。

其实，单位没有哪一个人愿意去机房值班，单调枯燥，好没意思。

值班的李大姐说："别人都不来，你来？这哪是年轻人干的活啊？"

小荷笑笑："有单调的工作，也有枯燥的工作环境，但我的心可以是五彩缤纷的，想多美丽就有多美丽；我的思想可以是脱缰的野马，想怎么驰骋就怎么驰骋。"

李大姐只好说："这孩子，还没长大呢。"

小荷在机房值班，一值就是一年多。那女同事早上班了，去了其他科室。

小荷在机房，有时间就看书。自己买的，跟朋友借的；文学的政治的历史的，读了一部又一部。

她高兴地跟李大姐说："李大姐，这里真好！比大学的阅览室还好呢！我在这一年里读的书，比我上大学四年读的还多！在这儿，我又上了一回大学！"小荷每天把值班日志填得清清楚楚，甚至李大姐写的她都要给重新抄一遍。

李大姐劝她："甭费那事了，反正也没有人看。"

小荷笑答："捎带着练练钢笔字，一举两得。"依然一丝不苟地填。

没想到，上边还真来了检查组。组长翻看了小荷填写的值班日志，看了一个月的不行，还要看一年的，领导就把一年多的都给检查组长拿来。

组长看完后兴奋地说："没想到！真没想到！你们的工作做得这么扎实！我走了上百个单位的机房，就你们机房的日志填得最好！"

因为这，领导被评为省先进典型，到处作报告、讲演，着实风光了好一阵子。

领导对小荷刮目相看了。因为领导心里有谱儿：两年来，单位几乎所有的人都曾经找过他,要求调换工作的,希望多发工资的,想弄个科长当当的,有的还提出了更高的要求。这些人有工人,有中专学历,也有成人大专学历……

而小荷,这个单位唯一的重点大学本科毕业生从没找过他!

领导有些激动,领导一激动,就会作出决定,领导作决定的时候是经过一番深思熟虑的。

领导说:"小荷,你到财务室当会计吧!"

小荷惊愕地看着领导说:"我学的是中文,当不了会计的!谢谢!"

领导说:"当不了也得当!"

小荷低下了头:"行!我当!谢谢!"

其实,单位有多少人找领导,都想去财务室啊——那可是一个好地方!

小荷就当了会计。

很快,她就把账处理得利利索索。

同事们见小荷不显山不露水,就把会计这活干上了,就问她:"你究竟托了哪里的门子?竟当了会计?"

小荷迷茫地问:"什么门子?"

大家就觉得小荷永远也长不大了,连"门子"都不懂!

小河水清清

○孟宪岐

小河叫玉带河，一个挺有诗意的名字。

小河两岸原来是大片的稻田。后来，小河下游上百里处修了一座中型水库，专门供小河下游几百公里处的那个大城市的水源。县里就不让农民再种稻田了，就都栽上了树。

村民杨老帮去了一趟那个著名的大城市，回来后，就悄悄地站在河边愣神儿。

村里人就看见他用一根长木杆，挑着一张用尼龙绳织成的网，从水里往外捞垃圾。小河水虽然很清，但也从上游不断地漂来塑料袋、乱柴，或者死猫烂狗死鸡烂猪的，看着心里恶心。

有人问杨老帮："你闲着没事儿咋地？你管那河水脏不脏呢。"

杨老帮就说："小河水脏了，那城里人还咋喝水呀？"

大家就笑："城里人咋喝水跟你有啥关系呀？"

杨老帮就憋红了脸，重重地说："有关系啊！那城里人是咱的兄弟姐妹啊，他们喝脏水不就等于咱也喝脏水了吗？"

大家便说杨老帮进城把脑子也灌进水了，自己喝水干净就行，还惦记别人嘴里的水是啥滋味呢，傻啊！

杨老帮一点也不傻。

那天他进城看儿子,捎带去大医院瞧瞧病,一检查,啥事没有。儿子在城里给一家电脑公司打工,时间紧。杨老帮就自己买了火车票,往车站走时,渴极了,舍不得花五块钱买一瓶矿泉水,五块钱够他一天吃的了,就去靠街的一个单位找水喝。

刚进门,被门卫拦下来。门卫问:"找谁?"

杨老帮答:"找水。"

门卫说:"出去找。走。快走!"

杨老帮就嘟嘟着说:"我渴。喝了水就走。"

门卫来推他,他还赖着不挪步。这时,从楼里走出一个戴眼镜的人,听见门卫和杨老帮在争辩什么,就问门卫:"吵吵什么?"

门卫立即挺直腰杆答:"宋主任,这人要喝水,我不让他进去,他就不走。"

"眼镜"就皱了皱眉头,说:"让他跟我来。"

杨老帮就跟在"眼镜"后面进了一间宽敞的办公室。

"眼镜"给杨老帮倒了一大缸子水,看他喝完又问:"还喝不?"

杨老帮擦擦嘴,高兴地答:"喝好啦。"

"眼镜"有意无意地问:"进城打工?"

杨老帮答:"不是。看儿子。儿子在这城里上班呢。"

"眼镜"又问:"家在哪儿呀?"

杨老帮答:"水清县的。"

"眼镜"立即说:"啊,水清县的。你们那里的水清啊。你刚才喝的就是你们那里的水,整个城市都喝你们的水。"

杨老帮很得意,心里想:原来我们那里也很重要啊,没我们玉带河,城里人喝什么?

回到家里,杨老帮就想城里那甜滋滋的水,想那"眼镜"喝,儿子喝,自己还喝了,还有那么多人都得喝。他就有了想法,可不能脏了这水！脏了这水，不就等于脏了自己吗？

杨老帮已经从河里捞出了许多垃圾，可那垃圾还是源源不断地从上游漂浮下来。

杨老帮有时间捞，垃圾冲不走，可杨老帮没有时间时，那垃圾还不是照样往下走？

况且，杨老帮白天捞，夜里不能捞啊。夜里垃圾还不是依旧流下去？

杨老帮终于有了办法：他在河岸两边钉了大木桩子，中间挨着水面拉一道铁丝网。甭管白天夜里，铁丝网就把垃圾都拦住了，他每天清理一回，啥活儿都不耽误。村支书对杨老帮的做法很是满意，隔几天就派车把垃圾拉走，否则，垃圾多了堆成山，杨老帮就弄不过来了。

有一天，那个大城市的领导来到清水县，给县里带来了几百万元的资金，让县里专门用来治理河水污染的。领导就想沿途看看这河水到底怎么样。书记县长就陪着领导沿着河水走。走着走着，领导的眉头就皱了起来。县委书记和县长就看见那河水越来越浑。他们心里明镜似的，为发展经济招商引资，这上游建了几个选矿厂，那水就浑了，按理说，下游建了水库，上游是不允许建有污染水源的工业企业的。领导也不说话，车继续往前开，走着走着，领导的眉头又舒展开来。县委书记和县长就看见那玉带河的水清凌凌的，让人心里也干净。

又走了一会儿，领导就看见了杨老帮。杨老帮正站在河边往外捞垃圾呢。

领导立即高兴了，就下车来到杨老帮面前。

领导问："老乡，谁让你这样做的？"

杨老帮答："没人。我自己要这样做的。"

领导来了兴致，又问："为什么要这样做？"

杨老帮答："就为一个人。"

领导忙问："为谁？"

杨老帮答："一个戴眼镜的人，他让我喝了他办公室的水，他还告诉我，那水是我们这河里流过去的。"

领导有些莫名其妙，就说："你详细跟我说一说，到底是怎么一回事儿。"

杨老帮就把他那天在城里的遭遇跟领导说了一遍。

领导好半天没有言语，只是揉了揉眼睛。

领导突然伸出手来，握住了杨老帮粗糙的大手。领导说："我代表那个眼镜同志好好谢谢你！那个眼镜同志是个好市民，你更是我们的好市民！"

领导走时，对陪同的清水县县委书记和县长说："贵县有这样的老百姓，可真是你们的好福气啊！"

后来，那个领导又来过一回，是给杨老帮颁发"荣誉市民"证书的。而且，领导还给杨老帮这个村带来了许多捐款，用来资助村里保护玉带河水源、绿化荒山的。

杨老帮无论如何也没有想到，他会成了那个大城市的"荣誉市民"，会和那个大城市有如此密切的联系。

杨老帮想：把他和那个大城市联系在一起的，就是这条小河啊。

很好的一条小河。

栽下一棵万年青

○孟宪岐

书会在一座大城市里读书,学的是环境保护专业,已经是大三了。从迈入大四的门槛那天起,她就琢磨着该写出一篇什么样的毕业论文。

这座大城市很大也很漂亮,楼又高又有气魄,街道又宽又平整,金碧辉煌的高档饭店华丽典雅,就连一般的小吃部也与众不同。

书会曾进过大饭店,也常在小吃部就餐,但每次使用那一次性的木头筷子时,她的心就隐隐作痛。

书会的家乡过去是个山清水秀的小村子,参天大树随处可见。

后来,大树就被砍光了。

据说,很多大树就被做成了现在使用的一次性筷子。

没了树的遮拦,那洪水就像脱缰的野马,冲田毁地,水土流失严重。

书会纳闷:过去人们都使用竹筷子,天天洗刷,用了一年又一年。可如今不知道怎么了,时兴用一次性筷子,用完了就扔掉,不但浪费了木材,还产生了不少垃圾,怎么想怎么不对劲儿。

以后,书会每逢周六周日,总要提一个编织袋子,到饭店或小吃部捡那些扔掉的旧筷子。回到她和同学租住的平房里,她就把那些脏兮兮的筷子用清水冲洗干净,一双一双积攒起来。

每当她的身影出现在饭店或小吃部时,人们就用鄙夷的眼神看她,以为她是一个收破烂的。

有一天,一个挺着大肚子的男人从饭店里出来,见书会正在弯腰捡地上的旧筷子,便饶有兴趣地问:"姑娘,这东西,也有人收吗?"

书会头也不抬地回答:"有,我就收,你有吗?"

男人嘿嘿嘿嘿地瞅着书会粉嫩的脸蛋说:"你是大学生吧?捡这个能挣几个钱?你跟我走吧。"

书会这才抬起头来,惊奇地问:"我跟你走?为什么?"

男人答:"你不是缺钱吗?我有。我包你吃,包你穿,包你用。一句话,我把你包下了。"

书会愤怒地涨红了脸,大声说:"你以为你是谁呀?你有钱,我不稀罕!"

男人悻悻地说:"大姑娘要饭,死心眼儿!"说罢扬长而去。

屋里的筷子越聚越多,小屋越发拥挤。

和她同租房子的小华有些不满意,对书会说:"这屋像个垃圾场,我不和你一起租了。"

书会歉意地笑笑说:"对不起,妨碍你了,请你原谅。"

小华没有原谅她,很决绝地搬走了。

书会一个人住下来。

她的第一步计划已经实现:积攒了十万双洗得干干净净的筷子。

她去商场买了几瓶白乳胶,又去文化用品商店买了油彩。

半年以后,这座城市搞了一个美术作品展览。

参展的美术作品都是挂在墙壁上的,但有一件参展作品却是直接栽在地上的,那是一棵万年青。

这棵万年青树造型独特,栩栩如生,博得了所有观众的好评。

人们惊叹的其实并不是它的外观，而是它与众不同的材料。

参展作品的名字叫：《栽下一棵万年青》。

解说员用低沉的语调说："这幅作品的作者，是一名在校女大学生。她用了三个月的时间，捡了十万双用过的一次性筷子，洗净后晾干，又花去了近三个月的时间，把它们组装起来，创作出了这棵举世无双的万年青。它的作者就是我身边的书会同学。"

观众们这时才把目光放在朴实靓丽、洋溢着青春气息的书会身上。

书会恭恭敬敬给观众行了个礼，缓缓地说："我来自农村，我们那里的林子没了，都变成了城市餐桌上的一次性筷子。我没有能力来改变现实，我只能默默地用曾经是一棵棵大树的小筷子，栽下这棵万年青，希望它永远绿在我们每个人的心中。"

所有走过万年青树旁的人，都神情庄重，仿佛他们在做一次朝拜。

书会以这棵万年青树为由头，撰写了毕业论文，获得了优秀奖。

后来，书会的这件作品，被运往世界各地展览。

但书会已经不晓得了。

她正在她家乡的山冈上，向远方眺望。

她身后，是一株株迎风摇曳的小树苗，葳蕤地成长着。

陪儿予回家

○刘黎莹

老张刚从公交车上下来,他看见站牌下有个七八岁的光头男孩在哭鼻子。小男孩的旁边,站着一个长相很凶的中年男人。

刚才在车上,老张就透过车窗看到这个中年男人在用脚踹这个小男孩。

现在,中年男人大概是打累了,正站在一棵大树旁边大口大口地吸烟。

老张要在这里换乘另一个线路的公交车,反正闲着也是闲着,老张过去轻轻抚摸了一下小男孩的光头顶,问:"小帅哥,为什么挨打?"

小男孩渐渐停止了哭泣。

小男孩说:"我拿了爸爸一百块钱。我想去乡下找我姥姥,可我不知道上哪路车。爸爸就撵来打我。"

"为什么要找姥姥? 爸爸待你不好吗?"

"以前的时候好。后来我妈妈偷偷跟别人跑了。我爸天天喝酒,然后就打我……"

小男孩越说越委屈,小脸上又流满了眼泪。

老张望着小男孩。

望着望着,老张的心像是被钢针扎了一下!

老张一把揽过小男孩，说："孩子，不哭。不哭。听话！"

老张领着小男孩来到中年男人的跟前，然后，拍了一下中年男人的肩膀，说："兄弟，不管日子过得再难，咱都不要朝孩子身上撒气。我儿子小的时候就很淘，常常偷鸡摸狗的，但我从没对儿子下过手。要开导，再开导。慢慢，孩子就懂事了。树大自直。万不能再对孩子动手了，好吗？"

中年男人听了老张这番话，样子不再凶巴巴的了。

"老哥，你年轻时一定是个好性子的人，你儿子现在咋样？"

"嗬，不瞒老弟，说实话，我年轻时，不管儿子犯的错多大，我都没舍得动过儿子一指头。现在，儿子大了，也出息了，是一家大公司的老总。儿子好久没回家了。我这是想儿子，要去看看他。"

中年男人递给老张一支烟，情绪也稳定下来了。

"老哥，你儿子都当老总了，你咋还大包小包地带这么多东西？"

"嗨，儿子啥都不缺，我带了些儿子小时候爱吃的家乡土特产。"

中年男人长长叹口气。

"老哥，我以前也舍不得打儿子。自打我老婆跟人跑了，我就像换了一个人，心里像揣着一股无名火，动不动就想动手打儿子。老哥这一说，我真是不该打孩子。"

两个男人站在大树旁，东一句西一句，聊了老半天，中年男人脸上慢慢地开始有了笑意。后来，中年男人把小男孩叫过来，说："儿子，还不快过来谢谢你这位好心的伯伯，要不是你这位过路的伯伯劝我，我早又踹你好几脚了。"

小男孩擦拭着泪水，过来怯怯地喊了声："伯伯！"

他们三个人不知又聊了些什么，但一定是些愉快的话题。聊到后来，中年男人竟把小男孩抱了起来，然后在小男孩的小脸蛋上轻轻亲了一下。

后来，中年男人和小男孩上了一辆公交车。

老张站在车牌下，笑眯眯地看着他们父子二人找座位坐下。小男孩胖乎乎的小手拍打着玻璃车窗，不停地喊着："伯伯再见！伯伯再见！"

公交车越开越远了。

慢慢地，公交车和公交车上的父子俩也淡出了老张的视线。

老张这才长长地叹了一口气。

在老张和中年男人聊天的时候，老张要换乘的公交车都开过来好几辆了，老张却视而不见，没有一点儿着急的样子。

老张看见公交车又开过来了。

老张依旧没上车。

老张一屁股坐在那棵大树旁，竟把头埋在胸前，眼里哗哗流眼泪。再后来，有等车的路人看见老张像个老娘儿们一样，哇哇地哭出了声。

没人知道，老张年轻时是个脾气暴躁的男人。离婚后，儿子没少挨他的打。后来，儿子因为天天泡在网吧，竟被老张一气之下把腿给打瘸了。老张打完后，也挺后悔的。他想找儿子道歉，可是他连儿子的人影也摸不着了。儿子越大，好像和他的话越少了。有三四年的时间，老张根本就无法打听到儿子的丁点儿消息了。

老张这次倒是有了儿子的消息，但老张听到儿子的消息后，整个人几乎要垮了！

老张自己也不明白刚才为何要对中年男人说谎。

老张不知道为什么。

老张真的不知道为什么。

老张打开怀中布包的拉锁，把手伸进包里，轻轻抚摸着包里的骨灰盒。儿子就待在这个小小的盒子里。

儿子因抢劫杀人，昨天已被执行死刑。

听来的故事

○刘黎莹

那天,我请海外归来的姑姑吃饭。姑姑吃到家乡可口的饭菜,心里乐开了花。我从小就听大人说久居海外的姑姑很会讲故事,就趁机缠着姑姑讲讲老外的故事。

姑姑爽快地答应了。姑姑说:"我给你讲我居住的小区发生的一个非常有意思的故事吧。"

在一个郊外的居住区,住着上百户的城市居民。他们白天到繁华的市区上班,晚上,再搭班车回到这个小区。这个小区有好多老住户,虽然有的在市区里买了新房子,但他们还是不想早早地搬离这个小区,因为这个小区的邻里关系非常和睦。谁家有困难了,说一声就会有人热情地帮着做这做那。

在一个周末的上午,这个小区的人家有的出来晨练,有的开始擦车准备走亲访友。就在这时,忽然有人从一栋十二层楼的楼顶跳了下来。

这个要自杀的人在下落时被从十楼窗户突然射出的子弹击中后,当场死亡。

这位自杀的死者并不知道,如果他不被突如其来的子弹击中的话,他是无法自杀成功的。因为在九层的高处有一张保护窗户清洗工的安全网。如果自杀的人不出意外地下落到九层，一定会落到这张安全网上。那样的话，这个人就不可能完成自杀计划。

这个自杀的人是谁呢？

经过警方确认，死者是住在十二层的叫巴可的小伙子。

那么住在十楼的人家为什么突然开枪打死巴可呢？难道他们事先知道巴可会在瞬间从他们窗外落下吗？他们和巴可有什么过节吗？如果这些猜测被一一证实，那么十楼的主人就有重大谋杀嫌疑。

十楼的主人是一对上了岁数的老夫妻。面对警方的质问，这对老夫妻显得非常委屈。老头儿和老太太异口同声地说："我们真的不知道猎枪里放上了子弹啊！"

原来，这对老夫妻时常为生活琐事吵吵闹闹。每一次闹起来，老头儿都会无法控制情绪，非常激动，他会抄起猎枪，对着老太太扣动扳机。每次吵闹时都要出现这一幕。因为老太太知道老头儿是不会当真杀死她的，所以，每次吵闹，常常是老头儿抄起猎枪，该扣扳机还扣扳机，老太太该干什么还干什么。

这次吵闹也是为鸡毛蒜皮的小事情。两个老人吵得不可开交时，老头儿又抄起猎枪，像以前那样对着老太太扣动扳机。但是，这次猎枪里的子弹没打中他的妻子，却穿过窗户正巧击中从楼顶落下的自杀者。

现在，老两口面对谋杀指控，他们翻来覆去就是那句话："谁会想到枪里真有子弹啊？"

警方按照老两口的说法，只能假设另一种解释，那就是说猎枪里的子弹是在老两口不知情的前提下，偶然被装上的。如果这对老夫妻说的是实情，那么是谁把子弹悄悄放到猎枪里的呢？

警方经过细密的调查，终于找到了住在这个小区里的一位目击者。这位目击者证明，在上周他曾看到老夫妻的儿子往猎枪里放过子弹。那么他们的儿子为什么要往猎枪里悄悄放子弹呢？

后来，警方又经过调查走访才弄清楚了事情的来龙去脉。原来，这对老夫妻的儿子因为母亲突然中断对他的经济资助，对母亲怀恨在心。儿子企图利用父亲常用猎枪吓唬母亲的习惯，借父亲之手杀死母亲。

案情终于真相大白。案件的主犯就成了老夫妻的儿子。他们的儿子成了谋杀想要自杀者的罪犯。

令人意想不到的是，最后，老夫妻的儿子并没有被判刑。因为想要跳楼自杀的巴可正是这对老夫妻的亲生儿子。按照当地的法律规定，杀人者自己杀了自己，是不必判刑的……

姑姑讲完这个故事后，长长叹口气说："人啊，往往是聪明反被聪明误，到头来受害的还是自己。"当时，我们几个陪姑姑吃饭的小辈打心眼儿里赞同姑姑的观点，忙不迭鸡啄米样地点头。

考 试

○刘黎莹

女儿那天打外头回来,看见爸爸正在厨房忙着做饭。

女儿一脸的笑,问爸爸:"老爸,今天给我做什么好吃的啊?"

他也笑着对女儿说:"等会儿你就知道了。看你高兴的样子,笔试和面试结果都出来了吗?"

女儿说:"出来了,笔试和面试我都是排在第二名。你不是说有两个招聘名额吗? 看来我要进你们局上班了。"

他又一次朝女儿笑了笑。

那天,他刚要出门,女儿带着一脸厚云彩打外边回来了。

"爸,公示结果出来了,只录取了第一名。我落榜了!"

他忙对女儿说:"其实,一开始我就知道只有一个名额,我怕你紧张,才告诉你是两个名额的。"

"爸,你能不能和上边打个招呼,再多要一个名额啊?"

"爸昨天就知道你没被录取的事了。你妈死得早,这些年我又当爹又当娘的,盼的就是你长大成人,有个好前程。我昨晚几次拿起手机想找关系,但我最后还是没打。"

"爸,我做梦都想要这份工作,你现在打电话还来得及! 爸,我从小到大,没求过你吧? 这次算我求你了!"

女儿泣不成声,一双秀气的大眼睛,泪汪汪地看着他。

此刻,他的心像是被无数把利斧齐刷刷地砍过来了。

他有些喘不上气来,一阵接一阵地剧烈咳嗽起来。

好久,他才让自己平静下来。

他对女儿说:"我昨晚一夜都没合眼,老是感觉你爷爷一直在我跟前走过来走过去的。"

女儿的情绪似乎比刚才平静多了。

"爸,爷爷最疼的人就是我了。他要是还活着,一定会支持我的这个要求的。你说是不是?"

他没点头,也没摇头,只是坐下来,给女儿讲了爷爷的故事。

他说:"你爷爷当农机厂的厂长时,厂里的人事科科长私下里告诉我,说那年招工名单里有我,并承诺我进厂后不下车间,直接进科室。当我得知你爷爷把我的名字换成厂里锅炉工的儿子时,我再也受不了了!于是,我就疯了一样跑出去,跳湖寻了短见!后来,虽然被救了,但却呛坏了气管,隔三岔五感觉嗓子眼儿堵得难受。你爷爷当时既心疼又生气。他对我说:安莫安于知足,危莫危于多言,乐莫乐于好善,苦莫苦于多贪。

"没多久就赶上恢复高考制度,我考上了大学,当时好几千人的大厂子,只有你爷爷的儿子考上了大学。那还了得!我当时可是风风光光给你爷爷挣足了面子。"

女儿说:"爸的意思是让我再参加别的系统的招工考试?我要是再考不上呢?"

"孩子,你学习成绩一直很棒!你一定不会让爸失望的!"

"要是万一考砸了呢?"

"那就把我多年的积蓄拿出来,给你租个小门头,开个花店,等我退休了,去帮你卖花,当送花工!"

女儿破涕为笑。

女儿打开电脑,再一次认认真真地在网上填写报名表格。

这时,他的手机响了,是秘书在提醒他上午局里要召开反腐倡廉群众大会,会议上有他的一个重要发言,秘书问要不要现在把发言稿给他送过来。他说不用送了。

那天,他没用秘书写的发言稿子,而是先讲了当年他父亲的故事,又讲了现在女儿的故事。他手里攥着一大把条子呢,都是市里有头有脸的大人物为孩子工作的事找他求情的。他觉得讲个故事远比干巴巴地念发言稿效果好。

的确,那天的效果超乎他的想象。

那天,是他当局长以来第一次收获雷鸣般的掌声,那掌声比以往任何一次都响亮!

扳着指头数到十

○芦芙荭

那一年,刚过完年,爹就让娘收拾东西,说要回单位上班。

其实也没啥东西可收拾的。几件洗净的旧衣裤,再就是过年时娘熬更守夜给爹做的一双新布鞋。

爹爱吸烟。娘就把切碎的旱烟装了一小布口袋放进包里。娘还将自家熬的红苕糖用刀背敲了一块用纸包了,塞进包里。

爹在一个很远很远的地方工作。爹说那地方白天狐狸都敢偷鸡呢。

我和娘把爹送到道场边。爹忽记起什么似的,从衣袋里掏出一块零钱,爹说,坎上的瓦匠昨天又犯了病,抽空去看一下。爹说话时手又在我的鼻子上刮了一下。

我说,爹,你几时回来?

爹笑着说,个把月吧。

爹就走了。

我问娘,个把月是好长时间?娘说,个把月就是一个月,也就是三个十天。那时,我还没有念书,扳着指头刚能数到十。

第二天,我随娘一块去看瓦匠。我们家的老房子漏雨,娘看瓦匠时就说了烧点瓦盖房子的事。回来时,我偷偷将瓦匠和好的泥包了一

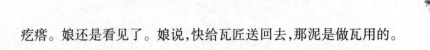

疙瘩。娘还是看见了。娘说，快给瓦匠送回去，那泥是做瓦用的。

我说，我也是有用途的。我每天用泥捏一只小狗，捏够三十个了，爹就回来了。

娘就笑了，没再逼我将泥给瓦匠送去。

当天晚上，我便用泥捏了一只小狗。丑丑的小狗。我把它放到了屋檐下的鸡圈顶上。

开始时，我每天用泥捏一只。过了几天，我便有些急了。我知道爹每次回家，总会带好些好吃的东西给我吃，娘也会做好吃的给爹吃。我便趁娘不注意时，隔个一天两天偷偷多捏一只放进去。

过了一段时间，我问娘，爹咋还不回来？我的小狗已够三十个了。

娘说，哪能呢？咱的鸡一天一个蛋，才一个十零九个呢。

娘也不识字，她记日子的办法和我一个样。

日子过得很慢。

我在焦急的等待中，终于盼回了爹。

娘急忙从箱底摸出几个鸡蛋去做饭。我便从鸡圈顶上拿来那些小狗十只一堆，放了五堆零三只。

我说，爹，你这次走的时间真长，我的小狗都五个十还多了三只呢。

你肯定多捏了。爹边说边去掏他带回来的包。爹说，我是每天攒半个馒头。看看，三十四个半边，刚好是三十四天呢。

娘在灶间听了我和爹的对话，也插了言：狗娃，你是不是偷了娘的鸡蛋？我就估摸着不对劲儿，数来数去咋就差一个呢。

爹就嘿嘿地笑了，娘也笑了。

那个鸡蛋是我偷的。我把它打碎，装进一节竹筒里烧着吃了。

游　戏

○芦芙荭

城市的一角，一群孩子正在玩一场游戏，他们先将所有参加游戏的人分成两派：一派是正面人物，另一派是反面人物，之后，他们就各司其职，全副武装，开始了一场有趣的战斗。战斗一开始就进行得非常激烈，许多敌人在正义的枪口下纷纷被击毙。当然，那些被打死的敌人，很快就会从地上爬将起来，又组成一股新的反抗势力。接着，敌人里的一名要员就被活捉了。两名战士十分荣耀地将俘虏押送到司令部那里（司令是统管正反两派的）。司令犯了难。他事先并没有想到敌人会被活捉这一点。参谋便说："司令，咱设个牢房吧！"司令觉得这建议不错，就用粉笔在水泥地上画了大大一间牢房，命令把俘虏押进去，并让另两名战士守在牢房的门旁。

其时，战斗进行得正激烈。呼声、喊声、哒哒哒的枪声此起彼伏响成一片。两名看管的战士听着喊声杀声，看着那激烈的战斗场面，实在有些耐不住了，心里痒痒得如同兔跳。就在这时，其中一名战士急中生智，就想出了逃脱这苦差事的办法：他用粉笔在牢房的门旁画了两个高大的持枪者。当时，司令手下人员正告急，一看这法儿挺不错的，就满脸高兴给他们安排了新任务。

过一会儿，那名俘虏也实在有些忍不住了，也效仿着用粉笔在牢房里画了一个人儿；然后，也投入到火热的战斗中去了。不过，这次他已脱胎换骨，成了正面人物里的一员。

敌人一个一个被俘虏。但这次俘虏来的敌人，只在牢房里待一会儿，就被用粉笔画的人取代了。

很快地，敌人被活捉光了。所有被俘虏来的敌人都变成了正面人物。只是地上画的牢房已排成了长长的一串，并且里面都满满地关押着画的俘虏。

没有了敌人，仗就无法再打下去，也无须再打下去。于是，在参谋的提议下，大家又玩开了"过家家"。男孩女孩自然搭配开。司令用粉笔在牢房前画了一条街道，让大家依次沿街道的两旁给自己建造家园。

这次，大家的兴致似乎比先前更大。他们开动脑筋，都想把自己的家园设计得别具一格，时间不长，一座新型的城市就初具规模：亭亭玉立的中式小洋楼，拔地而起；错落有致的俄罗斯建筑，匠心独具；雕梁画栋、飞檐斗拱的仿唐建筑，古香古色；还有北京的四合院、乡村的茅庵草舍，更显匠心独运。有的还在房舍的后面修了草坪、花园、游泳池、娱乐场等。同时，街道上也有了熙攘往来的行人车辆。此时，这些孩子似乎被这些美丽的建筑陶醉了。他们索性将自己也画进了这个迷人的城市中去了。他们想象着自己在那碧绿的游泳池中游泳的矫健姿势，想象着自己在这座城市开车穿行而过……他们想象着自己在这座城市中能进行的一切，似乎自己已主宰了这座城市。

在这群孩子中，只有那个第一次做了俘虏的孩子似乎和大家有点不一样。他没有将司令给自己画的地盘建成自己的家园。他在那块地方，设计了一所美丽的校园——那是这个城市永远也找不出第二个的校园。然而，就在他刚刚把这所校园建好时，突然响起了一阵汽车的喇叭声。大家抬头望去，一辆洒水车呼啸而来。

孩子们不得不离开那里。他们恋恋不舍,却又无可奈何。他们眼巴巴地看着那座美丽的城市被洒水车喷洒出来的水柱吞食掉。就在这时,孩子们忽然发现,那个画了校园的孩子却依然定定地站在那里。他似乎对洒水车的到来视而不见。洒水车不得不停下来。司机恶恶地跳下车,气势汹汹地朝那孩子走过去。

事情并没有像人们想象的那样发展下去。当那司机走近那孩子,望了一眼孩子面前的地面之后,他笑了。他摸了摸那孩子的头,然后跳上车关掉了车上的水闸。车慢慢从孩子身旁开过去,直到很远很远了,司机才打开水闸。于是整个街道就出现了一块干干的地面。那地面上站着那个孩子,那孩子泪流满面地望着那地面上的校园。

铁 匠 铺

○芦芙荭

　　村口老槐树下有一个铁匠铺,铁匠铺里的风箱长吁短叹的呼嗒声终日响个不歇,炉里的火通红通红,老铁匠光了头,铁钳从红红的炉中夹出一块煅烧得赤红的铁,于是,村子里便响起了一长一短、一轻一重敲击铁块的声响,把整个冬天敲得干巴巴的。

　　整个冬天出奇的冷。太阳照在原野上,仿佛一块黄色的广告颜料洇进了湖水里,稀软得厉害,俱寂的原野遂显出了十分的辽阔。

　　那个冬天,老铁匠突然间觉得自己老了许多。他的眼睛看东西不像以前那么清楚,似乎蒙了一层雾一层纱。握锤的手也有些力不从心,不那么随心所欲了。有时一把镰刀尚未打完,就会气短心虚、大汗淋漓。更重要的是,二十四个节令"刺溜"从脑子里蹿得无踪无影。他只好开始凭自己手头敲打出来的一把把镰刀、一张张锄头来算计日月。尽管如此,他却把每个日子都记得非常准确。

　　就在这一年冬天,村里与老铁匠同岁或更小点的老头们都扛不住节令,一个个钻进黑不溜秋的棺材里,被窜起来的一拨儿后生们抬上了对面山上去了。老铁匠忽然感觉到自己离这一天也不会远了。人生就是这样,像熟透的果子,即使没有人去采摘它,总有一天也会自己从枝头上落下的。老铁匠开始拼了老命地赶打铁锄铁镰。他要在他走之前,给村里每家每户备几件铁器工具。现在年轻人看不上这行当,但要在地里刨出粮食,不能没有铁器。

老铁匠毕竟老了。尽管他日夜不停地赶工,铁器仍然很少。即使这很少的几件镰刀、铁锄,也没有多少人来过问。村里的年轻人都扔了锄头荒了地,出门挣大钱去了。

地荒了,老铁匠的心也荒了。他不明白,地无人耕种,地里产不出粮食,挣的钱又派何用场。

老铁匠拄着拐棍儿去找村干部。村主任笑笑的:"世上哪能饿死有钱人?"

老铁匠拄了拐棍儿去找村支书,支书也笑笑的:"有钱了还能把人饿死?"

老铁匠只好蔫蔫地回到铁匠铺里。

地里的蒿草开始从一拃高长至半人高,再长至一人高。草荒了地,地荒了粮,粮荒了老铁匠的心。

老铁匠开始拄着拐棍儿在村口蹒跚走动。每走过一户人家,当他看着吊在山墙上那生了铁锈的铁锄铁镰时,他总要呆呆地站上半天。"钱能当饭吃么?"老铁匠常常这样想。

这年秋后,村里只有几户人家收了粮,老铁匠也就在这年秋天里丢了村口的那间铁匠铺走了。老铁匠没有后代。收的徒弟早随了其他年轻人去外地挣钱了。于是风箱被人抬走,丢给了村里的五保户;打铁用的铁锤在给老铁匠砌过坟头之后,不知被谁随手拿走。唯独那铁砧人们都怕费那个力,被冷落在村口的老槐树下。过往行人累了乏了,就坐在上面歇息。

老铁匠是为村上人、为粮食担忧而死的。但也说不上他的担忧是对的还是多余的。这年年尾,出外挣钱的后生陆续回村,他们并没挣多少钱,可每个人脸上都放了光亮。他们毕竟在外面大开了眼界,毕竟学会了在脖子上勒上领带双手撑开老板裤袋神气地走路,学会了打麻将自扣……

第二年开春,后生们又吆五喝六地要出外挣钱。不过这一次临走前他们没忘了先把地深翻一遍然后撒上种。当他们从山墙上取下了生锈的铁锄时,才忽然记起了村口老槐树下的铁匠铺,记起了老铁匠。他们叹息老铁匠铁器活做得恁好,却一辈子没走出过大山,不过叹息归叹息,过后他们照样出了门。

民工的孩子

○来卫东

"爹,老师又让订奶了,需要一百块。"小娟一边在床边写作业,一边跟贩菜的老孙说。女儿声音很小,显然没有底气。

"咱不喝那玩意儿,腥,还死贵。让你娘给你熬小米糊糊,比牛奶还有营养。"老孙用剪刀剪掉烂了的蒜薹根,重新打捆,为的是明天早市上让人感觉这菜新鲜,卖个好价钱。

"又不订,老师都不高兴了,说班里老是有一两个同学不统一行动,拖班级的后腿。"小娟不满地说,"上次全班入意外伤害保险,就我一人没入。"

"妮啊,咱是农村娃不能跟城里人比啊!你娘卖咸菜,我贩蔬菜,起得比鸡早,一个月辛辛苦苦挣的这点钱,要供一家四口吃喝,要交房租,再给你老家的爷爷奶奶寄点,还能剩多少?"老孙一脸无奈。

"穷还多生!"小娟嘟囔一句,收拾完作业,给弟弟洗尿布去了。

菊花把咸菜车子推进院里,一股酱油和辣椒的气息扑面而来。菊花腌制咸菜很有一手,泡菜、干萝卜条、鬼子姜,酸辣香脆,很受城里人的欢迎。现在人们的生活水平提高了,大鱼大肉吃腻了,喜欢偶尔吃点清淡的咸菜,因此她的生意还不错,每天很晚才回来。

菊花进屋发现女儿趴在床边,把头埋在床单里,嘤嘤哭着,男人狠命地吸烟,在旁急得直搓手。

"妮,咋了?"小娟学习一直很用功,成绩也好,很少让母亲操心。

小娟不说话,哭得更凶了。

菊花朝男人使个眼色,男人默默地出去了。娘儿俩好沟通,菊花好问歹问,小娟才哽咽着说出心中的委屈。

今天学校召开运动会,小娟长跑得了冠军,明天要和其他比赛项目的冠军照相,照片还要贴在学校宣传栏的橱窗里。其他同学都穿着名牌运动服,就她一个人穿着很土的衣服,寒酸死了。

"多少钱?也给咱家妮子买一套。"菊花问。

"一套好几百呢。"小娟小声说。

"这么贵呀!"菊花倒吸了一口凉气。

"我有办法,"这时老孙听清原委,从外面走进来了,"咱老乡大张在市场大棚专卖运动服,都是些假名牌,几十块钱一套,我刚给他打了电话,一会儿就去给小娟拿一套。"

"假的能穿出门吗?"小娟小声嘟囔。

"咋穿不出门,都一样。名牌就是个标志,'李宁'是柳树叶,'耐克'是对勾,你以为我不懂?"老孙说。

老孙骑三轮出去一趟,不久就回来了,拿回一套仿造的"耐克"运动衣,小娟穿上很合身,真是人靠衣裳马靠鞍,显得特别精神,在镜子前照来照去。

老孙和菊花长出了一口气。

都叫三遍了,小娟还是不过来吃饭,老孙知道女儿是个倔脾气,大概心里又有啥事想不开。

"咋了,妮?"老孙问。

"今天我们班里选班长,我学习第一,体育第一,班主任却让我当副班长,让柳絮当正班长,还不是巴结她爸爸,听说她爸爸是市里一个部门的科长呢。爹，你说老师都这样势利，怎么教育学生啊？"小娟委屈地说。

原来是这么回事儿。老孙心里有了底，他理理头绪，决定开导女儿一番，毕竟他是过来人，别的没有，阅历还是有一些的。

"妮子，你要知道，这个世界上本来就没有绝对的公平！你为啥生在贫苦的农民家里，而有的孩子生在百万富翁家里呢？你们老师这么做也许是迫于校长的压力，不能全怪她呀。"老孙点燃一支烟，深吸一口接着说，"你看过电视剧《西游记》吧，最后一集师徒四人历经千辛万苦到达西天，在藏经阁要经卷的时候，阿难和迦叶还跟他们要'人事'呢，没办法，唐僧只好把唐王赠的紫金钵相送，才拿回了真经。西天佛祖的地方，也不是绝对的净土啊，何况咱们人间呢？"

小娟听了，懂事地点点头。

"咱们和城里人相比，收入差距太大，恐怕一辈子都比不上，咱不和他们比吃穿，比虚荣，咱和他们比学习，比明天。"老孙语重心长地说。

小娟站起身来，脸上有了笑意："爹，我明白了，我去吃饭。"

吃完饭，小娟十分自觉地去床边看书学习了。老孙和菊花对视一眼，他们都在对方的眼里看到了泪花。

石油父亲

○来卫东

"多大点儿事！"这是父亲的口头禅。

说这话时，父亲面带微笑，左手叉腰，挥舞着右手，语调铿锵，像个指挥千军万马的将军。从记事起，儿子就没见父亲犯过愁。似乎在父亲眼里，世界上没啥大事、难事。

父亲当兵转业到油田，在钻井队干了一辈子，如今退休在家。父亲饱经风霜的脸上，皱纹纵横交错，像刀刻的一样，两只大手粗糙有力，像老虎钳子。

这天，在一家采油厂机关上班的儿子回来了。儿子眉头紧锁，一言不发，看来是遇到什么难事了。

"咋了，儿子？"父亲问。

"爸，我被机关精简下来了。"儿子垂头丧气地说。

"我以为天塌下来了呢，多大点儿事！小子，抬头挺胸，不要这样垂头丧气。"父亲一脸不屑，"当初你去机关时我就不同意，年轻人应该扎根基层，磨炼磨炼，多吃些苦，不要贪图清闲安逸。"

"爸，你站着说话不腰疼。我一下采油队，小金肯定和我吹。"儿子铁青着脸。小金是社区医院的护士，人漂亮，嘴巴甜，儿子爱她爱得死去活来。

"这点小事都经不住,咋谈白头到老?这样的女娃不要也罢。"父亲说。

这次回来,儿子是想让父亲帮自己找找关系。父亲和厂长的老泰山是战友,托托这层关系,说不定自己还能留在厂机关。可父亲这态度……

儿子还是下了采油队。他咬着牙和父亲赌气,天天吃住在队上,不回家。儿子很能干,又是科班出身,很快当上采油队副队长,接着是队长、副矿长、矿长。儿子的事业辉煌了,小金又跟他和好如初,他们举办了婚礼。第二年,小夫妻生了一个胖小子。父亲乐得整天合不拢嘴。

这天,儿子喝得醉醺醺的,哭着回来。长这么大,父亲还是第一次见儿子这么失魂落魄,可见又是碰到什么难办的事了。

"咋了,儿子?"父亲问。

"我的乌纱帽没了。"儿子叹口气,"十多年的努力泡汤了。"

"咋回事儿?"父亲心里一紧。

"有一笔钱我没处理好,上面查出来,定性为挪用公款。厂里给我个处分,把我降职为一般干部了。"儿子面如死灰。

"我以为地球不转了呢,多大点儿事!小子,当个破科级干部有啥好,整天迎来送往,吃吃喝喝,把身体喝坏了,业务也荒废了!"父亲不屑地说,"儿子,你听着,回去好好工作,用心钻研采油技术,将来定有出头之日。"

"从高处跌下来,别人都看我笑话,没脸见人呢。"儿子小声嘟囔着,"爸,你能不能找找人,帮我换个环境?"

"有啥丢人的?有些大人物还三落三起呢,跌倒了爬起来才是好样的。"父亲挥舞着大手鼓励他,"你的专业在油田,你哪儿也别去!"

儿子听了父亲的话,觉得有理,鼓起勇气回去上班了。

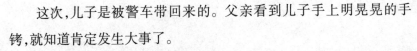

这次,儿子是被警车带回来的。父亲看到儿子手上明晃晃的手铐,就知道肯定发生大事了。

"咋了,儿子?"父亲问。

"我把人砍了,恐怕要坐牢。"儿子灰白着脸,不住地发抖。

"咋回事儿?"父亲知道,儿子是个安分守己的人,不逼急了不会干这种事。

"自从我被撸下来,小金就不好好过日子了,三天两头和我吵。今天,她背着我跟人鬼混,让我堵在被窝里。我一怒之下,抢起菜刀把那人砍了……"儿子哭着说,"爸,这个家让我毁了……"

"我以为宇宙要爆炸了呢,多大点儿事! 小子,不要害怕,好汉做事好汉当,赔钱咱砸锅卖铁给他,打官司咱奉陪到底!"父亲一脸豪迈,"就算坐牢也就几年的事,出来我儿子还是条好汉!"

儿子听了父亲铿锵有力的话,擦擦眼泪,心里亮堂了许多。父亲就像一棵参天大树,给他庇护,给他信心。只要有父亲在,他就有主心骨。

事情的发展比预料的好得多,儿子砍的那个人伤得不重,很快就治愈了。由于理亏,他只是要了些赔偿,这事就算结了。儿子果断地和小金离了婚,孩子由父亲带着。

几年下来,儿子潜心钻研,在技术领域硕果累累,被采油厂聘为高级专家,比当干部时收入还高。不久,他又收获了爱情。

"多大点儿事!"父亲的这句话再也没机会对儿子说了。儿子成熟了,强大了,世界上没有任何困难能够吓倒他了。

"多大点儿事!"不知何时,儿子的儿子跟爷爷学会了这句话,时不时对幼儿园哭鼻子的小朋友来上这么一句。

年夜饭

○来卫东

　　雪越下越大，像是有人把大把的鹅毛从天上一股脑儿倒下来，被风吹得沸沸扬扬，四处飘洒，放眼看去，原野上白茫茫雾蒙蒙一片。霞在窗前睁大了眼睛，希望目光穿透重重雪雾，能够看到丈夫亲切熟悉的身影。可她的眼里除了一片动感炫目的白，哪有半个人的影子？

　　霞是个采油工，丈夫彬也是个采油工，他们刚结婚一年，这个夫妻站就是他们的工作岗位，夫妻两个共同管理着站上的八口油井，有几口距离很近，就在小站的周围，有几口很远，徒步走要一个小时才到。

　　今天是大年三十，彬骑自行车出去巡井了，霞在站上准备晚饭，她简单炒了几个菜，还开了瓶饮料（根据企业的安全禁令，在岗上是不能喝酒的），就等彬回来下饺子了。傍晚原野上突然袭来一场暴风雪，北风把雪花卷成一团，像一条白色的巨龙在荒原上狂舞。下午，队上的值班干部送来了几袋速冻饺子，有三鲜馅的、西葫芦馅的，也有羊肉馅的，说是给他们准备的年夜饭。站里的温度太高，饺子很快就会化掉，粘成一团，因此夫妻俩忙着把饺子放在了站外的背阴处。

　　都快晚上八点钟了，彬还没有回来，霞站在窗前眼睛都看酸了，心里不免有些忐忑：以前彬总是能在天黑之前回来的呀，虽然今天的暴风雪太大了，可算算时间也该回来了，会不会出现什么意外呢？不会的,不会的,想到今天的日子,霞使劲往地上吐了几口唾沫,丈夫怎么会出意外呢? 他是多么健壮的小伙子啊,更何况他身边还有一个勇敢的小黑呢。

小黑是他们在站上养的一条小笨狗,浑身的毛像黑油油的缎子,只有眼睛和爪子处有些白毛。小黑虽然不是什么名贵的狗,却是夫妻俩唯一的朋友,陪着他们巡井、散步,给他们平淡的生活带来很多欢声笑语。

彬这次巡井还真是遇上了麻烦。午后他骑上自行车,带着管钳等工具,吹一声口哨,带着小黑上路了。彬不用回头,也知道妻子霞正目送着自己,他的心头掠过一丝甜蜜。都结婚一年了,这傻丫头还对自己恋恋不舍的,就像身边这些整天不知疲倦运转的磕头机,执着坚韧。

冬天的原野到处是干枯的芦苇和结了冰的水洼,风虽不大,可是干冷干冷的,地面冻得像石头。彬头戴狗皮帽子,穿着棉工衣、棉工鞋,把自己武装得像个北极熊。小黑似乎不怕冷,每次出去巡井都是它最高兴的时候,它可以在原野上任意地奔跑、撒欢儿。

几口偏远井运行都很正常,磕头机不知疲倦地运转着,机械地重复着同样的动作,把地下的黑色油流抽进地面的管线,再通过他们的小站输送给远方的输油大站,让这些黑色的"血液"流向祖国各地,为祖国经济的腾飞奉献它们的光和热。还有最远的一口井,只要一切正常,跑完这口井就可以回去了,在温馨的小站里和心爱的妻子共进年夜饭,然后钻进滚烫的被窝,度过一个缠绵浪漫的良宵。这时候,暴风雪忽然来了,狂风卷起大片的雪花漫天飞舞,阻挡了他的视线,自行车是无法骑了,彬只好推着车艰难地步行。小黑似乎也有些害怕,紧紧跟在他的身后。

有情况! 离最后这口井还有几十米远的时候,彬隐隐听到了马达的轰鸣声。这时,小黑也闻声大叫了起来。彬把自行车扔在一边,拿起手中的管钳,快速向前冲去。离近了,彬看清了,井旁停着一台小型拖拉机,两个农民模样的人在井口鬼鬼祟祟地忙着什么。

受利益驱动,当地的不法农民盯上了油田的油井,经常结伙去偷油,卖给附近的私人炼油厂,牟取暴利。在他们眼里,靠山吃山、靠油吃油是天经地义的事,根本不把国法放在眼里。油田为了减少损失,就让工人增加巡井的力度,但这些偷油贼仍不死心,和油田的人玩起了"老鼠躲猫"的游戏。今晚是除夕夜,这两个偷油贼想油田的工人们一定都在队上过节,井上没人来,正好钻个空子。

住手! 彬挥舞管钳冲了上去,小黑也汪汪叫着在旁助威。两个偷油贼透过拖拉机大灯射出的灯光看清了彬是一个人,当然不甘心到手的鸭子飞了,挥舞着铁锹和铁棍迎了上来,在黑冷的雪夜中,正义和邪恶展开了一场搏斗……

等到霞把彬搀扶到站上,已经是大年初一的早晨了。彬被偷油贼打伤了腿,偷油贼跑了,抢走了他的手机和钱包,但原油一点没丢,偷油贼的拖拉机被彬用管钳打坏了部件,发动不着了。

一进温暖如春的小站,霞感觉冻得冰凉僵硬的身体又复活了过来,她搀扶着丈夫走了一夜的路,累得不轻,真想躺下好好休息一下呀,可她告诫自己现在坚决不能躺下,再累也要挺住。霞简单地给彬包扎了一下伤口,看看没什么大碍,一颗悬着的心终于放了下来。

知道吗老公? 是小黑给我报的信,它跑回来使劲拽我的裤脚。霞的目光有些湿润。

老婆,你不该去找我,应该先打电话通知队上。这么大的风雪,你一个女人,黑灯瞎火地在荒原上走多危险啊!

一想到你有危险,我就什么也顾不上了,跟着小黑深一脚浅一脚地,只想立刻赶到你的身边。霞幽幽地说:下次一定注意。

老天爷开眼,幸好没事儿。彬庆幸地拍拍额头。过了一会儿,他懒懒地说：老婆，我饿了，想吃饺子。

这好办，你等着，我马上给你煮。队上送的速冻饺子都被埋在大雪里了，我去扒拉出来，也许吃起来别有一番风味呢。

不一会儿，一碗热气腾腾的饺子被端了上来，霞的神情有些疲惫，她强打精神把一个个饺子喂进彬的嘴里。

饥饿的小黑蹲在旁边馋涎欲滴，心想你们俩也应该给我点吃，我回来叫人也是有功的呀！过了许久，看没人理它，小黑生气地汪汪大叫起来。

酒干倘卖无

○李永康

如果不打官司,他还不知道出事儿的真正原因。

那天中午停气停水,他同儿子儿媳还有孙子去一家"苍蝇馆"吃饭。儿子喝枸杞酒,他却要了瓶啤酒——这是他退休后养成的习惯。服务员拿来酒后,他孙子老到地抢过来说,我看看是不是歪货。孙子拿着瓶子摇了摇——像平常他爸爸检查白酒一样。他刚要制止,"砰"的一声炸响,啤酒瓶爆了。孙子没事儿,他的一只眼睛却睁不开了。他本打算自食其果自认倒霉。儿子却不依不饶,又是找消费者协会又是找律师事务所。酒厂也还明智,没费多大劲儿就答应赔偿他五万元。至此,他才了解到,酒瓶的爆炸十有八九是酒瓶回收反复利用造成的。不过,得到赔款他却感到内疚,这些年他也不知卖过多少啤酒瓶!

再有空酒瓶他就把它砸碎扔进垃圾桶里。

儿子儿媳也还通情理:酒厂的赔款是老爸用血换来的,由他自由支配。他就想:我不卖,别人还是要卖,工厂还是照样回收,何不利用这笔钱去开个小店铺专门收购酒瓶呢?况且酒瓶砸碎了还可以卖给玻璃厂。他把这一想法告诉家里人,儿子儿媳都反对,说他纯粹是自找苦吃自找罪受还有点异想天开。

几十年他也养成了这样的性格，一心一意想干的事，一旦在他心里生了根，十头牛也休想将他拉转。他的啤酒瓶收购站如期开张了。

刚开始时，送酒瓶来的都是些骑着三轮车走街串巷的"破烂儿王"，渐渐地有普通居民主动送酒瓶上门来，有的了解情况后还不要钱。他感动得热泪盈眶。酒瓶的钱——哪怕是两角三角，他也非要人家收下不可。要是人家不肯收，他就会诚恳地这样说：权当是给的跑路费吧！

当然，他这样开店是入不敷出的。想想看，一个空瓶收进是两三毛钱，砸碎后卖给玻璃厂只值几分钱。不过，他觉得没有比这更划算的了，能减少一次事故的发生就减少一次吧！人老了，就只有这能耐。

开到盐干米尽的时候就关门吧。他对儿子儿媳也这样说。

渐渐地，他的收购店门可罗雀，来送酒瓶的普通居民几乎没有了，收废品的骑三轮车打他的店门前过也用异样的目光朝里观望。起初，他还以为是收购价偏低了，遂用大红纸写出启事，将价格涨了几分。过了几天，还是没有人送来。他又上浮几分，仍然没有人来卖酒瓶。他感到不解——眼下正是啤酒消费的旺季呀！

这天晚上他正垂头丧气地在家喝闷酒，儿子儿媳寻开心：爸爸的生意就要做大了！他叹了一口气摇了摇头。儿媳默默地递过一份报纸。他睁眼一看，原来是先前赔偿他伤残费的厂家得悉他在办这样一家店铺，找到报社，声言要对他的行为进行褒奖，请他当厂里的特别顾问，并且还要和他联营……他气得脸乌青。

儿子说，单位的人都说我们这下成阔佬了。

儿媳小心翼翼地试探道，爸，我看您还是……她话还没说完，他猛地一拳砸在桌子上，气愤地说，这是软刀子杀人哪！

老人和鸟

○李永康

　　每天早晨,我都见一位老人骂骂咧咧地来到阳台上。老人把一只脚上拴着布绳的鸟放在晾衣服的竹竿上,然后把绳子缠在上面,咳嗽了一声,回转头朝里屋吼:还不出来,懒鬼。等了一会儿,没有什么动静,他又折进屋,一只鸟惊慌失措地从里面飞出来,在竹竿上一驻脚,腾地蹿出去。竹竿晃动得厉害,我的心也摇晃起来。那鸟在楼房之间的空隙里自如地转着圈。那只被拴在竹竿上的鸟也扇了扇翅膀扑腾几下,等感觉无法起飞时,就瞄着老人鸣叫,叫声很是凄凉。老人又高吼:回来回来!那只自由的鸟很听话地飞到老人的肩头。老人生气地拍打了它几下,边拍边骂:看你调皮捣蛋。老人出够气后把手臂伸直搭着桥,那鸟轻盈地跃到竹竿上,两只鸟竟嘴对嘴叽叽咕咕地亲热起来。老人痴痴地望着。我的眼睛也看湿润了。

　　老人是什么时间开始养鸟的,不知道。我家在搬来之前他就已经住在这里许久了,老人有个好习惯,不喝酒,不打牌,不抽烟,只养鸟。而老人养鸟不需要鸟笼。每天早晨七点,他就带着鸟儿去公园里散步,然后,又带着鸟儿去邮电所买报,回家后将鸟儿置放在另一个背阴的阳台上再也不出门了。

　　这是一个古怪的老人。

那天早上，我迷迷糊糊中被一阵惊颤的鸟叫声吵醒，便草草地穿起衣服来到阳台上。鸟叫声是从老人紧闭的门里传来的，我静静地观察了一会儿，鸟还在叫，却没有老人的咳嗽声。我听到门隔一会儿被撞击一下，隔一会儿又被撞击一下。我感到有丝儿不妙，赶快去敲老人家里的门，没有人应。我又使劲敲，也没有人应。我慌了，就高声喊了起来。六楼的人被吵醒后告诉我，老人前天下午住院了，还说是老人自己爬下楼梯昏倒在那儿后被人发现背到医院的。

当护士把我引到老人的病床前时，老人很痛苦地睁开了眼睛。然后，老人伸出双手将我紧紧拉住有气无力地说："鸟鸟鸟……"老人眼睛里潮乎乎的。等了好一会儿，老人战战兢兢地摸出几把钥匙塞在我手里，老人说："把鸟放了。"

我安慰了老人一番，心情沉重地回来将老人家的门打开，我发现一个秘密。原来老人二室一厅的房屋一间作寝室，另一间却专门供鸟儿栖息。那鸟儿待的屋子里，四周挂满了各式各样精致的鸟笼。鸟笼很洁净，一尘不染。在屋子的中央横架了一根竹竿，竹竿上蹲了两只鸟儿。一只鸟儿羽毛凌乱，另一只鸟垂头丧气。我上前去还未伸手，那羽毛凌乱的鸟猛地向我冲来，从我的耳根边擦过就飞出门外。那只脚上拴着布绳的鸟惊诧地挣扎着，竹竿在荡着秋千。我把布绳解开将鸟捉住带到阳台上，那只先飞出来的鸟已站在阳台的竹竿上一动不动地瞄着我。我把手中的鸟儿放在地上离开它几步拍了拍手掌，鸟儿也不飞走。相反，那竹竿上的鸟却飞下来，两只鸟走到一起叽叽咕咕地交头接耳了好一阵子后就互相梳理起羽毛来。我喂食，他们不吃，喂水，水也不喝。我将它们捉起来狠心扔到阳台外，那两只鸟展开翅膀小飞了一圈却又飞回来立在竹竿上，然后盯着我又叽叽咕咕的。我又赶了几次，它们还是不肯飞走。

我无可奈何地锁上了老人家的门。

第二天,我看那两只鸟还待在竹竿上。

第三天,那两只鸟还没飞走。

我实在不忍心去伤害老人的心,就没有告诉他。

半个月过去了,那两只鸟还蹲在那儿。

两 棵 树

○李永康

在一处风景区的山上长着两棵特别的树。一棵是松树,另一棵还是松树。

当它们还躺在母亲的怀抱——藏在松果里玩耍的时候,有一天,一位读书人来到风景区,走累了,便捧起一本砖头一样厚的书大声朗读起来。它们静下心细听,原来读书人正读着的是《圣经》里的《马可福音》第四章:

你们听啊! 有一个撒种的出去撒种。撒的时候,有落在路旁的,飞鸟来吃尽了;有落在土浅石头地上的,土既不深,发苗最快,日头出来一晒,因为没有根,就干枯了;有落在荆棘里的,荆棘长起来,把它挤住了,就不结实;又有落在好土里的,就发芽长大……

读书人合上书走了。它们两个却再也无法平静下来。

一个说:我一定会落在好土里。

一个说:我一定要落在好土里。

一个说:落在好土里我就要好好地长。

一个说:落在好土里我就会长得好。

…………

一阵风吹来,松果像铃铛一样摇着,不知不觉中,它们就离开母亲,不由自主地在天空中流浪飘飞。一粒松子儿如愿落在好土里,另一粒却不幸落在悬崖的石缝间。

落在好土里的松子儿果真很快就生根发芽,快快乐乐地生长着。落在悬崖上的松子儿一阵叹息之后,很快振作起来,它慢慢地发芽,慢慢地生根。由于悬崖上风大,泥土少,它不敢多生根。为了能站稳身子,它把几乎所有能获得的营养都供给了根部。有一段时间,周围的小姐妹小兄弟还嘲笑它是一棵长不大的小松树。

一百年后,长在悬崖上的松树虽然仅仅只有碗样粗细,但它那像人手指形态的粗壮的根紧紧抓住石缝顽强生长的形象,却成了一道风景、一个象征。凡来此旅游的人都把它作为背景争着与它合影。还有不少艺术家为它作画、摄影、吟诗、题词。

长在好土里的松树已经有水桶般粗大。只是由于它生长的环境地势低洼,和风细雨经常滋润,根系就特别发达——长了许多须根,稍粗的根上又长须根,须根上又长须根。有一年,突然刮来一阵大风,它被连根掀翻,倒在地上。

一天夜里,长在悬崖上的松树对长在好土里的松树说:我还没有长成一棵真正的树啊!

长在好土里的松树说:我以为我曾经为自己活过,哪知却是为风而活的。

我们都是为装饰别人的梦而活着。

说罢,长在悬崖上的松树张开双臂想抱着长在好土里的松树痛痛快快地大哭一场,却扑了个空,原来它做了一个梦。

夜静静的,无风,山月朗朗地照着。

最美的老师

○刘立勤

我问汤老师,为什么叫他"船夫"?汤老师说,都怪那条河。

汤老师所在的村子旁有一条河,河很大,水流丰沛,河上又没有桥梁连接,河东河西两岸之间人员来往依靠渡船。

他是河西村的老师,本来与河东是没有关系的。可是,有一天,河东村的几个学生家长找到他,想把自己的孩子转到河西村请汤老师教。他们说,河东学校的条件太差了,留不住老师,他们害怕把孩子的前途耽误了。他们还说,汤老师书教得远近闻名,他们希望汤老师能把他们的孩子培养成人。

汤老师虽然书教得好,可他是河西的老师,这件事他做不了主。因为河西河东是两个村,还隶属两个乡镇。他知道收了这几个学生,河东村剩下几个学生都会来了。到那时,村里镇里都会有意见了。他让那几个学生家长去找村长,他说,只要村长答应了就行。私下里,他希望村长不要答应,如果河东的学生来了,他的工作量就要增加一倍。谁知道村长也耍滑头,村长说,让汤老师做主。老师还能不要学生?河东的十来个学生一齐就到了河西。

河东的学生来了,工作量增加了,困难也来了。主要是教室小了,桌凳也不够。汤老师去找村长,村长不管。村长说,你答应接收的你负责解决。找到镇教办，教办说，不是我们镇的学生，也让他们自己解决。怎么解决？教室小学生挤一挤也能将就，桌子凳子咋办呢？总不能让学生自己带吧？汤老师只好把房后的几棵大树砍倒，做了几套桌凳，总算是把学生安排进了教室。

桌凳解决了，新的问题又来了，河东的学生经常迟到。河东河西都没有专门摆渡的船夫，河东几个家长轮流接送，如果哪一个有什么急事，学生就迟到了。再说了，有的学生家长不习水性，渡船万一有个什么问题，那真是了不得的事情。汤老师想着就害怕。

汤老师决定自己先当几天船夫。他是船家出身，水性好得不得了，他跑船绝对安全。他还想，待他跑上一段时间，河东村还不推选一个船夫替换他？谁知道，他接过船桨一摇就是二十五年。二十五年里，学生不停变化着，家长也在变化，就是他这个老师变不了。二十五年里，有多少机会可以把河东的学生支走，他一直不忍心。

风霜雨雪二十五年，真的是不容易呀。可二十五年里，他硬是没耽误学生一节课。每天早上六点准时过河，四十分钟以后赶回来，七点准时上课。也有过迟到的，迟到是因为天气，要么是河里涨水，要么是船出了问题。虽然迟到了，课绝对耽误不了。他说，幸亏学生争气，学生的成绩年年都名列全镇前茅，他也年年都是先进。

二十五年里，他也经历了太多的风险。最危险的就是那一年船底漏水，差一点出了大事。那只老木船太老了，应该换了。他找到村长，村长让他自己解决。他找到镇教办，教办爱莫能助。他找到河东村的学生家长，想让他们想想办法，学生家长只答应不行动。就在他等待中，出事了。放学送那十多个孩子回家时，上游突发洪水，破船舱里进了水。他说，他把持船头怕翻船，幸亏有几个孩子机灵，及时想办法，才没有出事。

船实在太破了，又指望不上别人，他和老伴儿商量，把给儿子准备

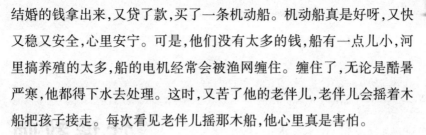

结婚的钱拿出来，又贷了款，买了一条机动船。机动船真是好呀，又快又稳又安全，心里安宁。可是，他们没有太多的钱，船有一点儿小，河里搞养殖的太多，船的电机经常会被渔网缠住。缠住了，无论是酷暑严寒，他都得下水去处理。这时，又苦了他的老伴儿，老伴儿会摇着木船把孩子接走。每次看见老伴儿摇那木船，他心里真是害怕。

二十五年里，他摆渡了三百多个学生，他把一百五十多个学生摆渡上了大学，有二十多个上了研究生，还有五个博士生。他的学生干啥子的都有。

看着他满脸的幸福和自豪，我问他有什么希望。

他说，想要一条大的机动船，那样的话，学生过河就安全了。他又说，自己老了，担心船在河里遇上什么意外，孩子如何是好？

揣着汤老师的希望，我把他的事迹写出来刊发在省报"寻找最美的乡村教师"栏目中。稿子见报后，汤老师的事迹引起了各方关注，有人真的要捐赠一条大机动船。汤老师给我打电话说时，我让他等待一段时间接受捐赠。因为，当选"最美的乡村教师"会有一笔丰厚的奖金。汤老师说，多等一天会多一天的不安全，他担心那些孩子的安全。

汤老师没等。再次给他拍摄影像资料时，新机动船已经到位，教育局还安排了一个专职船工。新学期，汤老师的事迹就显得很平常了。他也不愿意作秀补拍过去的镜头，到底没有评上"最美的乡村教师"。

汤老师虽然没有评上，可我依然觉得他是一个最美的老师。

代课教师

○刘立勤

王老师是赌了一口气进城的。他本来不想进城,熬不过女人一张碎嘴不住气的嘟囔,一气之下进了城。走的时候他说,我不信自己在城里找不下一个好工作。

城里真是好呀,王老师在城里找到了一份自己喜欢的好工作。

城里的景色真好呀,灿烂迷人的灯光,鳞次栉比的高楼,穿梭如流的汽车,那般繁华景象,用任何语言描述都显得苍白。想起在课堂上给学生讲述城里的辉煌,竟然是那么的苍白,真是惭愧。

可城里的好工作好景色留不住王老师的心。

王老师给女人打电话,想回乡下去。

女人说,你敢回来,回来让你进不了门。

王老师说,我住学校里不回家。

女人说,学校早不要你了,你回来做甚?

王老师蔫了,学校早已经把他辞退了,回去做甚?

王老师本来是个老师。准确的说是个代课老师。十八岁高中毕业回到乡下,村小就缺一个老师,乡政府派谁都不来。村支书就找到准备进城补课的他,请他帮忙代几天课。他抹不开面子,谁想这一代就甩不脱了,代了几十年。

—— { **124** } ——

刚代课时还是大集体，代课记工分，代课教师的工分高，王老师觉得很牛气。后来，大集体没有了，家家户户摊粮食抵工资，每年看见那些好的坏的来自各家各户形形色色的粮食，王老师心里就很难过。他真想离开学校进城打工，何必受那样的气。可新婚的妻子舍不得他，劝他留下，说也许有机会转成正式教师。他呢，也不想离去，就汤下面留了下来继续代课。

书虽然教得很好，一直没有转正的机会。学校的民办教师都转完了也没有他。王老师是没有人册的代课教师，根本就没有转正的可能。咋办？天下的黄土都养爷，要离开时却舍不得这个行当了，更舍不得那些学生。人常说死了张屠夫不吃浑毛猪，可这个学校还真离不开王老师。他只好拿着让他羞愧的工资，干着比别人更辛苦的活儿。好在羞愧的工资由乡里发了，周末课余还可以种几亩薄地，日子也将就着过活。

谁想到，全省一次性把代课教师全清退了，说是代课教师没有受过专业教育，素质差。什么话？气得王老师在家里睡了三天。他没有想到被人开除了，还说他素质差，自己带过的学生个赛个以优异成绩进了镇中学呀，素质怎么差了？再说，素质差也没有人送他们去培训呀？可是，没有地方说理。

三天后走出门，王老师想看看那些高素质的老师怎么教学的。可惜，新来的老师心思真不在教学上，他们需要一份工作，需要那份工资。反正工资一分不少，工作就三天打鱼两天晒网，有一天没一天，看着都让人伤心。

王老师一看专业教师不行，就去找村支书。村里管不上专业教师，干着急没办法。村支书又找镇教办，教办也叫苦。城里来的老师困难太多，他们也难以解决。后来，还是高素质的专业老师有办法，拿出工资的五分之一请王老师做代课老师。谁也想不到这事会成，可王老师拒绝了城里找到的一份高工资的好工作,竟然答应了。半辈子低声下气的女人骂他下作,骂他只是代课教师的命。也许真是他的命,也许是太喜欢教书,王老师不管不顾有滋有味地代着他的课。

然而,上级不行,上级要求所有老师不得聘请代课老师,必须亲自上课,否则一律解聘。

王老师又没课代了。

女人就让他进城打工。儿子要结婚了,需要新房;女儿上大学,学费高昂。一处烧火,八处冒烟,哪里都需要钱。可王老师不死心,有事没事就到学校附近转悠。那些老师依然是三天打鱼两天晒网,有一天没一天。王老师干着急没办法。而自己的女人呢,不依不饶地跟他吵,赶他进城打工。一气之下,他就进了城。

自己是赌气进城的,王老师也不想在城里留,找工作专门找学校当老师。他想,反正弄不成了就回家。谁想到王老师书教得真的好,被一家私立小学聘用了,工资比乡村的正式老师还要多两倍。

王老师成了城里的老师,书教得更认真了。可城里的课程单纯也轻松,总有大把的时间。到了这时,他就想起乡村的小学,想起几个班级混在一起的大课堂。想到那大课堂,他就担忧那些乡下的孩子。

这时,他就给自己的女人打电话,问问村小的学生。

这时,女人就骂他,你都被开除了,你操那闲心干甚?

他说,不干甚,就是问问。

女人说,问问都不行。

说罢,"啪"的一声就把电话挂了。

女人挂了电话,王老师又去想象他的乡村小学。那些孩子咋样了呢?他不知道。有时他也想回去看看,可是路太远了,一个来回得好几天,这边孩子的课程也不能耽误。于是,隔几天,王老师就会给女人打个电话,想问问村小的学生。女人总是和他吵。自己的女人自己熟悉,吵他不怕,吵就说学校还好。

又该打电话了吧,女人的电话打过来了。

女人说,那些老师又不来了。

女人又说,村里的孩子放了羊。

女人还说,村小……真的离不开你。

转　正

○刘立勤

　　吴老师被送进医院,确诊得了肝癌,而且是晚期。医生说,时日不多,只有半年了。我们这些昔日的学生得知这个消息后,纷纷到医院去看他。我们知道吴老师是为了我们的成长才积劳成疾的。我们围在吴老师的病榻前,想问问吴老师还有什么心愿。我们之中有的做了县长,有的做了局长,有的是科技工作者,有的是厂长、经理,有的是工人、农民……什么样的人物都有,什么样的事情都能办到。

　　吴老师有什么心愿呢? 无论我们怎么问,吴老师都是摇头。吴老师说,临死之人能有什么心愿呢? 对此我们这些吴老师昔日的学生都不满意。面对这最后的机会,我们继续一遍遍地追问。直到问得吴老师精疲力竭,吴老师才说,看能不能给我转正,转成正式教师。

　　吴老师当了一辈子的老师,可没有当过一天的公办老师。早先是工分制,教师和普通的农民一样拿工分;后来是民办代理教师;现在是代课教师,也就是拿很少的一点钱,在公办教师都不愿意去的穷山恶水没名没分干着老师的活儿。吴老师一辈子最向往的事情就是转正,当名副其实的正式老师,以至于期间有几次其他的发展机会他都放弃了。临到最终,他还是没有名分的老师。大家都知道吴老师的要求不过分,大家也都知道吴老师的这个要求太过分。说不过分是因为他干了一辈子教师,他只是要求组织明确他的身份;说过分是因为上级没有政策来解决这个问题。尽管如此,一辈子不求人的吴老师说出了他最后的希望,我们就得尽力去办。

这个责任就落到了我的头上。我首先找到教育局,教育局的局长是个女同志,她不仅长得漂亮,而且话也说得好。她说,你们吴老师的情况我知道。我们全县有 325 名这样的教师,他们有的干了十几年,有的干了二十多年,还有的和吴老师一样干三十多年了。可以说他们几乎全部在边远贫穷的地方教书,他们拿着公办教师四分之一的工资,干着公办教师两个人的工作。他们不仅没有正式教师的待遇,连正式教师的名分都没有。她还说,我做梦都想把他们全都转成公办教师,而我做梦都没有解决的办法。说到最后,局长说,你可以去找人事局,如果他们给教育局下一个文件,我一定落实。

人事局局长毕竟是吴老师的学生,我一走进他的办公室,他就说,我知道你的任务。难,几乎没有办法。我急忙说,几乎没有办法,说明还有一点解决的可能。他说,难。可是为了吴老师,我只好违背一次原则了。我问他,你有什么好办法?他说,只有一个办法——那就是给吴老师买一个城镇户口,再给他招工,然后安排到教育局,来个"曲线救国"。局长说,好多领导的子女都是这么安排的。可是,当我把这个办法告诉吴老师的时候,吴老师说什么也不答应。他说这是对他人格的侮辱。自己教了一辈子的书,末了还要让人家用这种办法承认自己的教师身份,如果这样他宁可不转正。说着,他不仅撕了招工表,还挣扎着要拔输液的针头。直到我保证不这样做,他才安静下来。

实在没有办法,我只好去找他当县长的学生。县长说,吴老师这样的情况,可以说西部省的贫困地区都有。他们是贫苦地区基础教育的脊梁,可我们没有解决的办法。不过,其他的老师我没有办法,可吴老师我还是有办法解决的。我听了,就问,你有什么好办法?县长说,我可以想办法让吴老师当上他们乡的副乡长，然后让他转正。我说，吴老师只想当老师。县长说那还不容易。吴老师当上副乡长后，一辞职，再让他去中心小学当校长，还是管老师的老师。你想，哪个老师不想当校长啊？听了县长的打算，我当天就告诉了吴老师。我以为吴老师会高兴呢，没想到吴老师无声地哭了。吴老师说，我只想当老师，其余我什么都不要，怎么这都不行呢？这是为什么？吴老师说着说着，就昏过去了。

吴老师昏过去之后，再也没有醒来。看见吴老师脸上的无奈，我们这些平日人模人样的学生感到十分的悲伤。我强抑悲伤找到人事局局长，我希望他能够出一纸假文件在吴老师的灵前烧了，对吴老师的在天之灵也是小小的安慰。可是无论我说什么，他都不答应。说到最后，他说，这是一件很严肃的事情，怎么能够这样呢。既然不能这样，吴老师只好带着遗憾永远地离去了。虽然他一生都是一位优秀的教师，虽然他有着数以千计令他引以为荣的学生，可是最后连个正式教师的名分都没有。你说，这事怨谁呢？

一等奖作文

○韩昌盛

　　教师节到了,学校举办了主题为"谢谢老师"的征文活动。短短一星期,收到一百多篇来稿。

　　稿件统一将姓名隐去密封评比,我们语文组十个老师人均等分,评出最好的一篇进入决赛。半天过去了,每人都挑选出了一篇,为了节省时间,大家决定找两名同学轮流读这些文章,评委们听后打分,再算平均分。

　　实话实说,同学们读得声情并茂,文章写得也真实感人:有的写老师像树,带来阴凉;有的写老师是园丁,用心血浇灌;有的写老师的目光刺醒了沉睡的灵魂……爱在流淌,大家都觉得难分高低。最后一篇文章,《难忘的一天》,读标题时,曹老师捣捣我,这个标题有点土气。

　　"这一天开始时,和平日没有什么两样,天还是蓝天,云依旧是白云,我仍然是那个做着许多作业的中学生。可是太阳出来时,小鸟唱歌时,一件意想不到的事发生了。"

　　同事们你瞧瞧我,我看看你,不知道葫芦里卖的什么药。

　　"来了几个同学,他们和我一起做作业,作业做完了,就开始玩,下棋、打扑克、看录像。当什么都玩腻时,张子明说,我们打电话让老师来,我不同意,老师很忙啊,他们坚持试试老师是否关心我们,就打了班主任家的电话,说我有病,就挂了。"

曹老师小声说,很感人。

"老师真来了,骑着他那辆破自行车,着急地问我怎么不上医院。看着大家都笑了,他也笑了,看了我们的作业,开始和我们一起读书,讲故事,他讲了许多有趣的故事,到了吃午饭时,他要回家,我说,老师,在这儿吃顿饭吧。"

读作文的孩子停顿了一下,又读了起来。

"这顿饭吃得五花八门,老师说得消化消化,到田野里去吧。于是我们向田野出发,春风和煦,麦浪翻滚,柳荫片片,我们放风筝,风筝在飞,我们在跑,老师也跑。"

办公室里静悄悄的,另外一个读作文的孩子也专心地听着,仿佛日子流淌,在这时慢慢打了个旋儿又向前流去。

"让我们自由自在玩一次吧,我们看着老师,他点点头,大家欢呼起来,割草,找藏在草丛里的花,玩剪刀石头布,下水捉鱼摸虾。终于,能想出来的游戏都玩了一遍,老师要回去了。张子明说,我们再玩最后一个游戏吧,每人唱一首歌,老师坚决不同意,说他五音不全。张子明不听,他先唱了起来,我唱了一首《打靶归来》,应该不错,轮到老师了,他推来推去,实在不行我学狗叫吧,张子明高兴地跳了起来,我说不行,老师怎么能学狗叫? 老师笑着止住了我,今天没有老师。真的,老师学了三声,很像。我也学了,张新、张子明都学了,高的,低的,长的,短的,各种各样的狗叫声,像的和不像的,都在田野中飘荡着。近处的村民向这儿张望,我们叫得更响了。"

读作文的孩子突然停住了,抽噎起来:"老师回去了,我感谢他,让我们度过了难忘的一天,我感谢老师,他和我们一起学狗叫,让日子不再寂寞。"

作文得了一等奖,接近满分。一个多么好的老师,放弃休息时间与学生一起游戏，走进学生，亲近学生，这样的作文，当然该得最高分，大家都这样说。

我是唯一没有打满分的老师。他们不知道，那个星期天是五个孩子喝酒被人打了110我才赶去；他们也不知道，每个星期天他们都是轮流在一起吃饭，看录像，谈论老师，思念遥远工地上的父母。而和老师一起吃饭、学狗叫，当然成了难忘的一天。

其实，他们永远不会知道有一个阳光满地的下午，父亲离我而去。从此我就在角落中看着别人玩耍，在田野里独自疯跑，那年开始，我刚过六岁。那一天，我只不过看到了我自己的影子。

优秀教师

○韩昌盛

林老师还没调到这所县重点中学,名声早传过来了:县级学科带头人,市级优秀教师。

林老师也知道,学校为调他来,上上下下费了不少劲,而且还专门准备了一个重点班。所以他暗下决心,好好干,不让领导和家长失望。

上班的第一天,他很认真地备了课,上得也挺好。但他发现班里座位很奇怪,后面有两个小个子同学,而前排却坐着三四个高大的同学,明显挡住了后面同学的视线。这里面肯定有猫腻,在乡下时他就听说,城里学校排位很有讲究。就从这一点开始吧!于是,所有同学全部站到了教学楼下,按个子高矮,按眼镜片的度数一个个进班,没有多大一会儿,班里一片整齐而层层递进的样子。

"老师,我坐这儿不舒服。"

"老师,我还想回前面坐。"

林老师一看,全部是原先坐在前面的大个子,他笑了笑,没说话。

下午上课时,有一位同年级的老师找到他,林老师,我有一个亲戚,原来坐在前面上午被你调到后面去了,能不能调回去?

林老师婉拒了,还说了一大堆理由。但很快就有张老师、李老师、王老师等都来说座位的事,林老师很费了一番口舌,但他们都不高兴。

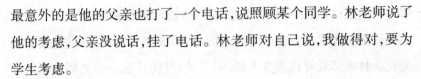

最意外的是他的父亲也打了一个电话,说照顾某个同学。林老师说了他的考虑,父亲没说话,挂了电话。林老师对自己说,我做得对,要为学生考虑。

马上,他感觉工作上有些不大对劲儿。比如检查教案,别人的教案都是优,他的教案却是良;还有学生会检查,他班的分数总是上不去。其实他的教案设计曾获得过全县第一名,他班的卫生、纪律也都是最好的。反正,他感觉有些不舒服,具体在哪儿,也说不清楚。

但马上有一次师德教职工互评,他的分数竟然倒数。反复思考,他想不起来做错了什么。于是,他找了领导,领导很理解地说,我相信你。走的时候,领导喊住了他,不过,有些问题要灵活处理。他想了想,不懂。

晚上就有人打电话叫他吃饭,是教导主任。饭桌上还有领导,开会见过的教育局副局长。教导主任说不要紧张,坐到一起就是朋友。于是大家就随和地吃了,菜过三巡主任把他拽了出去,说副局长的儿子座位你调一下吧。不能让领导工作有负担,主任搂着他的肩膀说,他很欣赏你。回到桌上,副局长笑着拽他坐在身边,林老弟,有什么事尽管找我。他想副局长真平易近人。

接着就有工商局的局长、新华书店的经理都请他吃饭,和他交朋友,而且都有校长或主任作陪。最重要的是人家都很热情,比如自己家属开的小店,工商局长说税不用你操心了。人家只有一个孩子调一个座位,老是不给办,不好意思。于是,他到班里调了几个同学,说是他们的眼睛近视了。

后来又有同事请,当然校长、主任也去,都说林老师是好老师名不虚传,然后说某某让你操心了,今天略表心意,多照顾一下。喝到三巡,拽出来说林老师你有没有关系在我班? 一句话,绝对照顾。林老师仔细想一想,还真正好有一个学生可以换着照顾。于是回屋继续,喝得满脸通红，大家喝得都很尽兴，一齐说林老师够朋友。

　　班里的座位小调整了几次，有个同学说怎么和以前一样，没什么变化。林老师看看也蛮整齐的，笑了笑，没说什么。林老师上课时才喜欢说很多的话，亲切的目光会落到每一个同学的心里。学生都说老师上课上得真好，同事们也说果然名不虚传，看他的目光就多了些敬仰。年终考核评优时，他得了第二名。校长拍拍他的肩，进步挺快。林老师怔了怔，笑了一下。

　　渐渐地，林老师名气越来越响，朋友越来越多，什么局长、科长，还有什么老板啊，都经常请他吃饭。学校的同事也请，大家亲密得像哥们儿。朋友和哥们儿很有作用，今年暑假的时候评选"优秀教师"，大家一致说他为人随和，水平又高。结果评上了，材料报到了局里，副局长很认真地说这个老师我了解，爱生如子。结果，林老师成了"省优秀教师"。林老师愣了愣，怎么我就成了优秀教师？

　　成了省优秀教师的林老师回家锄地，八月的阳光照在身上很热，汗滴禾下土。父亲递过毛巾，林老师擦了，很使劲地擦了，他说我想回乡下教。父亲稳稳地起锄落锄，很好，父亲只说了一句。林老师看到父亲的脊背，紫红紫红的，在阳光下真实地亮着，有一种久违了的光彩。

总 想 哭 的 丁 克

○韩昌盛

丁克和别人不一样。别人一生气就想发泄,摔东西、骂人或打架,丁克不,他的愤怒一上来就有种想哭的冲动。

比如今天,广播响的时候,丁克是听见了,可他不愿意起床去操场带操,媳妇和他吵了一宿,怎么劝都不行。人家种地的出去打工一个月还一千多,你这个破老师不才八九百块?指望你买房子等太阳从西边出来。一说"破老师"丁克就恼,一恼就在二十平米盛满家具的学校宿舍里吵起来。结果是闹到天亮,她睡了,丁克睡不着。就在想,乱七八糟地想,于是没有心情去上操。

门响了。是班里的学生,说校长在操场上等着。丁克知道,不去不行,校长对付班主任迟到的方法是你们班学生在操场上等着一直到把你喊到操场为止。班里的学生果然在,都伸着头张望,后头还有几个挤眉弄眼。丁克脸红红地从校长身边经过,命令学生立正,解散。校长望了他一眼,转身走了。

丁克很难过,难过丢了面子,难过回到家发现炉子熄火了。手忙脚乱地劈木柴,引火,急促地做饭。忙完这一切时,上午的上课铃又响了。

教导处里站满了点名的老师,这是一天信息最集中的地方。今天

— { 137 } —

格外躁动,丁克强迫自己静下心来听,终于听明白暑假要参加继续教育交报名费 240 元,评选论文 20 元,普通话培训 115 元。学习、考试、拿证,变成了教师的主打工作,总结到最后一条就是交钱。

丁克便更加失望,更加有些愤怒,怪不得爱人嚷着出去打工,日子得靠钞票翻过去啊。于是丁克就进了教室,进去就发现少了一个人,李立风。班长说早操就没去,扣了一分。有没有请假? 班长说没有,刚刚学生会查班又扣了一分。丁克的愤怒臃肿了一些,一分就是从班主任津贴里扣掉 0.5 元钱。到哪儿去了? 大家说吃早饭时没看到,也许出去吃饭了。

丁克就叫学生去找,丢了学生可不是小事。没有两分钟,李立风就回来了。丁克说你到哪儿去了?

吃饭去了。李立风昂着头,不像犯错误的样子。

食堂不有饭吗? 你非得上外面吃?

外面的饭好吃,李立风笑嘻嘻的。

你迟到你知道吗? 丁克感觉自己开始酝酿风暴了,一个学生就不尊重老师,太嚣张了。

我知道,可我饭没吃完。

丁克感觉大家都在看着他。你把家长叫来。

我们家人都不在家。李立风仍然笑嘻嘻的,甚至还朝一名女生笑了一下。

丁克想到早晨校长的眼神,怒火又旺了几分。很快地走过去,抢起巴掌打了一下,叫你狂妄,明知故犯。巴掌很响,教室里一下子静了。

李立风捂着脸,吃惊的样子,涨红的样子,"哇"的一声哭出来冲出教室。

丁克说上课,马上后悔起来,他要是出走怎么办? 他要是想不开怎么办？报纸上关于这样的事屡见不鲜，那样就得挨处分，评职称、先进都泡汤了。丁克就让大家自习，喊了班长下楼去找。

走过教导处时，丁克想是不是要给领导说一声，以便出问题时更主动。正在犹豫时，校长出来了，问怎么回事儿？丁克说了，脑海里却是设想的严重后果，比如打电话投诉或者一生气喝农药。

校长没说话，意味深长地盯着他。还不快走，连同教导主任，一齐向寝室赶去。

寝室没有，丁克的心抽了一下。校长打电话问门卫有没有学生出去，门卫说有。丁克飞快地跑过去，差点撞到了一个老师。一核对特征，门卫说不是。丁克更沮丧，真出事儿了。

校长他们也到了，丁克说再到别处找，校长的脸就严峻，不说话。丁克装作平静地问跟来的学生，平常他喜欢到哪儿玩？

树林，操场边的小树林。几个人迅速奔向小树林。果然，葱郁的林边，坐着一个学生。

是李立风，谢天谢地。丁克松了口气，丁克发现这孩子也很可爱，没做想不开的事，丁克决定道歉。立风，老师刚才脾气不好。丁克拍了拍他肩膀，校长也蹲下来，老师其实是为了你好。

李立风不吱声，牙咬着嘴唇。丁克继续拍肩膀，刚才呢老师想严格要求你，你很有希望，当然不能迟到。打你是不对的，要恨就恨老师吧。

李立风突然哭出来，哭得直接不需要渲染。丁克吓了一跳，将他拉起来，忙说别哭别哭，老师不好。

李立风的哭声在一阵激昂之后暂停了，他擦擦眼泪，不是，家里人都出去打工，没人骂过我、打过我，谢谢你。他弯了一下腰，拽着那两个同学向教学楼跑去。

丁克一下子就让泪水出来了，毫无阻拦地。他突然发现，哭出来其实很轻松。校长看着他，拍了拍肩膀。丁克哭得更厉害了，从上高中以来的第一次哭，汹涌澎湃。

蟹 篓

〇白 秋

清朝末年,宫廷式微,好多身怀绝技的人物流向民间,核雕艺人张大眼就是其中一位。

一个偶然的机会,山东潍县都家村的都渭南结识了张大眼,为他的手艺折服,全力接济,张大眼感激之余,就把祖传的核雕技艺传给渭南。由此,核雕这门手艺扎根潍县,流传了一百多年,也留下了获得巴拿马世博会金奖和数次作为国礼的美名。

然而,时过境迁,核雕也跟其他民间艺术一样,跌入了低谷,传人极少,鲜有问津者。直到十多年前,在那不起眼儿的村子里发生了一件小事。

那一天,老刘家的三小子逃学,跑到了邻居家的果园里偷东西。不大的果园,只有那么一棵桃树长得格外茂盛,桃子也个儿大鲜艳,让人垂涎欲滴。他费劲巴力刚爬上树,忽听见有人喊:臭小子,你又来了,给我下来。

就见都老爷子手持锄柄,急匆匆赶来,逮了个正着。那小子吓得够呛,越喊他越往上爬,看样子是想着从树上跳过墙头跑的意思。

老都赶紧说:你下来,下来吧,我不打你,也不跟你家里人说。下来,我给你拿熟的吃,快点儿。

— { 141 } —

他半信半疑出溜下来，手里还攥着个半生不熟的青桃。

老都一脸惋惜地夺过来。我说你个熊孩子，这桃子能吃吗？它的核有大用处，弄好了一个桃核能顶你爹种三亩地，抓一年蟹子的。你过来看看，拽着他耳朵到了里屋。那小子一看，桌上炕上全是桃核，分门别类雕了三国、水浒、西游记、马拉轿车、夜游赤壁等传说故事，佛像、山川、十二生肖等动物造型，或玲珑剔透，或稳妥大方，或滑稽可笑，一下子就把他迷住了。

从此，他——艺名"启今"的这个浑小子便走上了一条不同寻常的路，他死皮赖脸要拜都老爷子为师，成了潍坊核雕的第六代传人。

启今生在一个普通的庄户人家，好在是兄弟几个都有自己的一技之长，不愁吃穿。就是他，自小调皮捣蛋，不正经学习，成了家里的老大难。假期里，父亲带他去田里抓螃蟹，他东跑西颠光琢磨着玩，气得父亲把蟹篓往地头一扔过来揍他。他却看着满地爬的蟹子出了神儿，不顾父亲的巴掌把屁股打得山响，一根筋地问：爹呀，你说里面那个蟹子咋的啦，怎么越爬越往里呢？

它笨呀，跟你一样，什么时候你才能爬出去，不用我操心了，你个没出息的东西。这话太刺激人了，像针一样扎到了他心里。

学核雕可不容易，那些"刀枪剑戟"全是最小号的，刀子钩子铲子锉有十几种，最细的刀子跟缝衣针一般。所有工具没有一件是现成的，全部要自己动手制作，光磨制刀具他就学了一年多。

艺成之后，启今的第一个想法，就是要雕一个"蟹篓"，这一想就用了四年。等考虑成熟，从下手雕刻，到作品的完成，又耗去了八个多月。这期间，他就跟一个寄居蟹一样，整天在屋子里忙活着，没有一点效益。

那"蟹篓"用的是核雕当中最难的镂空圆雕手法，表现了蟹篓歪倒后，螃蟹纷纷爬出，有一只螃蟹找不到出口，在蟹篓里奋力挣扎的那一个瞬间。

整个作品长不足三根手指，宽一指，高二指有余。蟹篓篾条部分，只有两层纸那么厚，像一小鸟蛋壳，中间全部镂空。一个蟹篓，八只螃蟹，外面七只，里面一只，每一只螃蟹都是须目俱张，惟妙惟肖，连它们每个蟹足也是镂空细作。仔细端详，蟹篓里面的那只螃蟹最为精致，它怒目圆睁，爪螯张扬，活力十足。

作品雕刻完成后，启今喝了整整一瓶白酒，病了十多天。那年，他刚满二十岁。

2008年，在全国第二批国家级"非遗"名录评选中，"潍坊核雕"成功入围，一时名声大噪。在权威部门举办的首届核雕大赛中，启今的作品《蟹篓》一举获得金奖，他也因此被授予了"核雕技艺大师"称号。

隆重的颁奖仪式之后，启今没跟任何人说话，拿着奖杯证书急匆匆地走了。师傅老都一个劲儿地追，直跟到村后墓地上。

他看见启今扑倒在一座荒草丛生的坟茔前，把获奖证书和金杯摆在一起，斟上了满满一大杯子酒，哭着说：我爬出了那个篓子，还被评为国家级的核雕大师。现在，订货的客户都排到年后了，您就放心吧。

启今他爹走的时候，念念不忘这没成人的孩子，担心他这行当挣不出饭来，迟迟不肯闭上眼睛。

母 亲

○白 秋

闹饥荒那年,她已经是两个孩子的母亲了。

走的那一天,爷爷把她叫到身边,从里屋挂得很高的篮子里拿了两个地瓜、一块黄面饼子塞到她的手里,说:"永生他娘,这几日,村里每天都有饿死的人了,你快带着永生找他爹去吧,家里我和你娘撑着。"

刚刚过了正月十五,五龙河上冰碴子一半没化,一片连着一片,水流湍急。一下水那是透心凉啊,后来就是刺骨的疼痛,再后来就木木地没有感觉了,母亲全凭着一股狠劲咬着牙,背着五岁大的我一步一晃,好不容易才蹚过去。

母亲不识字,也不认识路,就只知道个大概的方向。路上一边要着饭一边打听着,连背带拖着我,走了一个多月才来到父亲上班的矿上。

父亲看见母亲第一句话就是:"你怎么来了? 咱爹呢?"

"就是咱爹叫我来的。"母亲失声痛哭。

父亲一把拉过我:"你妹妹他们都在吗?"

我就和陌生人一样看着他直摇头。

"出来都快两个月了,谁知道他们还在不在。"母亲没一点好气,

"你以为和你一样，天天都有饱饭吃。"

她眼绿绿地看见饭盒里还有一块剩下的馒头，一把抓过来就往我嘴里塞。父亲赶紧把我们拉到里屋，从食堂里要了六个馒头、两个窝窝头和一碗菜，这才让母子俩彻底放松下来。

但是没过几天，父亲就把我们往回撵了，说："回去吧，要死也死在一起，不能光让我们活着，把老人、孩子在家里饿死，经不住别人戳脊梁骨。"

我为这事记恨了父亲好多年，他当时死活也不愿意回家，觉得在矿上天天有饭吃的日子是最幸福的时光。母亲也是耿耿于怀，父亲瘫痪床上漫长的岁月里，母亲在身前身后不离左右伺候的时候，却没啥怨言。

父亲是矿上管生活的会计，多少年的先进工作者，对单位比对我们娘几个好得多，一年也不回来几趟。大集体时候，母亲白天在外面顶个壮劳力挣工分，晚上要缝缝补补当好女人，有些鸡毛蒜皮的事，还少不了跟东邻西舍吵吵两句。

她唯一一次动手打架是为了老三，那回老三为了给弟弟带一根甜甜的玉米秆，在放学路上毁坏了两棵正在成长的玉米。结果被小队长怀水发现了，他早就看中了老三，想不让她上学，跟着他家里那个吊儿郎当的儿子。就把她抓住带到队里去，不让回家，说要送到大队部全村通报处分她。

母亲听说后跟疯了似的，揣把菜刀就去了怀水家，指着他的鼻子说："谁家孩子不犯错？嗯？毁了东西我们赔就是了。你还要怎么着？是不是欺负我男人不在家？告诉你，他就是不在家也轮不着你找碴儿。赶紧把我的孩子放出来，若不然，谁也甭想有好日子过！"硬生生地把闺女从怀水手里夺了回来。

母亲一生有七个子女，除了闹饥荒那年饿死的女儿外，其他全活下来了。

孩子们孝顺，在父亲去世后，都想让母亲跟着自己过。她就定了个规矩，除春节和八月十五在我这个大儿子家过外，其他家里每年待两个月。还有在儿女家里，除看孩子外，不再干任何家务活儿，就只享清福。说归说，她自己可是个闲不住的人，不管在哪个家里，总是忙前忙后地打扫卫生、做饭、洗衣服，还特别爱管闲事，不停督促孩子们少玩耍多学习。孙子辈们都在背后笑她，她全装作不知道。

母亲一辈子没生过大病。就是最近，她身体越来越瘦，也吃不下饭去，中医西医看了都说不出什么毛病来。

母亲心里明白得很，在住院后的一天晚上，把我叫到身边，说："永生，我不怕死，咱都是死过好几回的人了，还有什么好怕的。我这一辈子，总是千方百计不让你们受委屈。可是那年，把你大妹妹留在家里活活饿死叫我难受啊。唉，假如我走了，你千万别忘了每年去给她上坟呀。这些年，你们给的钱也没地儿花，我想着给每一个孙子辈上的每人一万，算是对隔辈人的一个念想，剩下的你们兄弟姊妹平均分了吧。你照我的话，写个遗嘱，我签个名也算是有个交代。"

我很快按照她的要求写好了，她笨拙地拿起笔，生硬地在上面写上了自己的名字：赛桂英。

我这才知道，母亲原来还会写自己的名字呀。

柿子红了

○白 秋

清冷的风,挟着秋雨,刮走了整个夏天。

柿子红了。村口老柿树下,三奶奶又开始在那里削柿皮晒柿饼了。

向东是村子里走出来的文化人,常年背着相机跟一帮摄友们东奔西走,发表多少作品不说,混了个中国摄影家协会会员倒是真的。

小时候,他清晰地记着三奶奶是坐着鲜红苇席扎制的棚子、饰有大红门帘的马车,从三十里外的山那边被拉进村里来的。微胖不碍灵巧的身材,白里透红的脸上,一双清澈见底的大眼睛里不时闪过羞涩的光,三奶奶这一掀门帘,就把村里一些年轻人的魂给勾走了。

三爷爷是木匠,手巧心细出活快,在附近村子里是出了名的,也只有他才能娶回这样的婆娘。

村子在城区向西二百多里的地方,过去要攀过九曲十八弯的牛角岭,走上老半天。现在好了,隧道打通,开车一个多小时就到。山村没有统一规划,住户还像过去一样散落在向阳的山坡上,与遍野的柿树一样自由自在。

三十多年过来了,三奶奶依然住在她那个简易的窝棚里,围着厚厚的棉线围巾,穿着略显臃肿的棉衣裤,手脚麻利地削着柿皮。塑料薄膜围成的晾晒场上,吊起了一片连着一片的柿饼子。红艳艳的柿饼,映着她阅尽沧桑的脸,好一幅秋意深远的画面。

记不清多少次了,孩子们动员三奶奶到城里住,都被她一句话给堵回去。要是你爹回来,找不到家怎么办?

在过去那漫长的夜晚,山里人有的是时间。大家聚在一起,家长里短闲扯拉呱,老少爷儿们交换抽着自家地里种的旱烟,品着孬好。那些半大不小的后生们就聚在一起玩玩牌,打打闹闹,往往是谁家媳妇漂亮就往谁家钻。他们认准了三爷爷经常做工不在家,有事没事偏往他家里跑。耍着玩着,个别人就忍不住戳七弄八,捏捏胳膊摸摸脚,占点小便宜。只要不太过分,三奶奶也就一笑而过。

一年后,大儿子出生了,长得虎头虎脑人见人爱。那帮年轻人就凑在一起闲磨牙,这个说是我的,像我;那个说是他的,像他。谁也没在三爷爷面前叨叨,风言风语还是传到他的耳朵里。一阵子他没事找事,摔盆子砸碗地跟三奶奶闹别扭,三奶奶也不跟他计较。后来,他就不出去找活儿干了。二小子出世了,家里越发紧张起来,三爷爷也只是在附近找点儿零活儿干,从不在外面过夜。

那年,公社里赶工期修建会议礼堂,把周围村里木匠窑匠全抽调了去。要求大家吃住都在工地上,谁也不准回家。三爷爷是十二分不乐意,推来推去不想去。直到被外号叫"花心大萝卜"的村支书找去,狠狠地骂了一顿,他才磨磨蹭蹭去报到。

没过几天,他找了个由头就往回跑。到家的时候,天已漆黑一片。临近村头,他看见一个黑影,从家门口方向一闪而过,像极了村支书的样子。三爷爷的心"倏"的一下收紧了。

三爷爷蹲在自家门前,抽完了满满的一大荷包旱烟。

天亮时,他悄悄走进屋里。对睡在炕上的三奶奶说,公社当官的安排我去东北买木料,短时间不回来了。三奶奶追出来问,那要到什么时候？他头也没回撂下一句，柿子红了的时候！

从此就再没见面……

三奶奶，三奶奶，我给你照张相吧？

有什么好看的，不照，不照。

好看着哩。如果发表获奖了，你就成了名人啦，到那时，全国、全世界的人都知道你了呢。

啊！噢……那你等会儿，等会儿哈。她一溜儿小跑进了屋里。

过了好半天，才见她身穿红袄，下着青裤，头发梳得锃光瓦亮，一只手不停地把那一缕银丝往耳朵后面掖着，颤巍巍地走了出来。

夕阳的光辉斜洒下来，笼罩着炊烟四起的小山村，古老苍劲的柿树上挂满了数不清的小灯笼。三奶奶站在简陋的门前，背后是一片接着一片串在一起的柿饼子，堆满皱褶的脸庞上洋溢着祈望的笑容，一双眸子闪闪放光。

咔嚓、咔嚓……相机凝固了这一个瞬间。

向东的摄影作品获奖了，特别是《柿乡风情——守望》那个片子，获得了这次全国摄影赛的唯一大奖。

北京农展馆的展览大厅内人头攒动，一位花白头发的老人，久久伫立在那幅作品前，看了又看。

山乡的五月

○金　光

天刚蒙蒙亮，根西就听见父亲起了床，他翻了一个身又睡着了。这一觉他睡得好香，醒来时已经是上午十点了，他洗了把脸，就坐在屋檐下看书。妈从灶房出来时说，根西，去窑场地叫你大回来吃饭。根西放下手中的书，朝窑场地走去。

五月的山乡，到处都是金灿灿的颜色，田里熟透了的小麦散发出醉人的芳香。根西走在田埂上，看到了他童年的影子。十八岁那年，在父亲的奔忙中他从这里走出去，上了市技校，毕业后就到市一家化工厂当了一名化验员。根西走着走着，禁不住随手掐了一穗麦穗儿在手里揉搓起来，然后展开手掌用嘴一吹，留下一把嫩嫩的青麦，嘴一张嚼将起来。

父亲正弯着腰在那里割麦，他的身后，已倒下去大片的麦子，裸露的地面上摆着整齐的麦铺。父亲手上的镰刀飞舞着，弄得周围一片呼呼啦啦的声响。

"大，回家吃饭。"根西喊了一声。

父亲根本没有听见，仍然在飞舞着镰刀割麦子，白色的汗衫已经发黄且湿漉漉地贴在了他的脊背上。

"大，回去吃饭哩。"根西又叫了一声，嗓门儿比刚才高了些。

"啊,喔,饭熟了?"父亲终于醒悟过来,缓缓地站起身,用肩膀上的手巾擦了一把脸上的汗水。

根西上前接下镰刀,父亲用极快的速度将两铺麦合在一起,捆扎起来就要往肩上扛。根西说:"我来扛吧。"

父亲说:"还是让我扛,小心弄脏了衣服。"说完扛起麦捆就走。根西用手拈下沾在衣服上的一根麦芒,拿着镰刀跟在父亲的后面。

饭桌上,根西对父亲说:"大,我看不如把咱那几亩地让给别人种去。"

"为啥?"父亲有点吃惊。

根西讷讷地说:"不为啥,种田不划算,一年忙到头,一亩地就说打七百斤麦子,六毛钱一斤,才四百二十块,抵不上在外干一个月的收入。"

父亲没有说话。

根西又说:"你把地包出去,我到我们厂里给你找个临时活儿,一月能开五百多块,行不?"

父亲这才说:"娃,大是庄稼汉,一辈子跟土坷垃打交道,习惯了,没觉得受罪。我跟你妈在一起挺好,想家了你就回来看看我们。"

根西在家停了一周,父亲不让他沾庄稼的边儿,他是眼看着父亲割了麦再脱粒,然后扬场、晒麦,一点点将麦子弄回家的。临走时,他无可奈何地摇了摇头。

世上的事就这么不如意,两年后,根西所在的那家化工厂出现了意想不到的困境:化工原料价格猛涨,化工产品却销不出去,全厂一千多名职工几个月发不下工资。厂里实在抵挡不住了,便痛下改革的决心,决定减员增效,第一批减员百分之二十,根西首当其冲。

下岗了,根西好几天不吃不喝,躺在床上。他毕竟已跳出农门了哇,现在怎么办?想来想去想不出个好法子来,根西只好爬起来狠狠地抽烟,但烟抽了一支又一支,还是没有好法子,根西就回到了家。父子俩静静地对坐着,良久,父亲终于开口了:"娃,土地是人的根啊,不行咱回来,只要有地就饿不死!"根西掐灭了手中的烟,无奈地点了点头。

根西上地了。起初,那双稚嫩的手打出了许多血泡,他咬牙挺了过来。一年时间,根西跟着父亲学会了种麦子、种玉米、种大豆、种各种蔬菜,成了种庄稼的好把式。

第二年,根西和父亲商量,说要种地就要种出名堂来,小打小闹不行。父亲赞许地点了点头。根西就承包了村里的六十亩红土坡地,雇了两个帮手在上面栽上烟苗,一天到晚忙碌起来。秋后,除了交清承包费、付清雇工的工资外,净挣两万元。根西成了当地有名的种田大户,当上了县里的劳动模范。

又是五月,山乡的小麦一片金黄,根西家的窑场地里,一条大汉正挥舞着镰刀在割麦,身后的空地上,码放着一排排整齐的麦铺。上午十点多,根西父亲来到地头,喊:"娃,回去吃饭。"

根西仍然弯着腰在那里割麦,根本没听见父亲在叫他。

"娃,回去吃饭哩。"大又叫了一声,嗓门儿比刚才高了一些。

"啊,喔,饭熟了?"根西这才醒悟过来,缓缓地站起身,用肩膀上的手巾擦了一把脸上的汗水。

父亲上前接下镰刀,用极快的速度将两铺麦合在一起,捆扎起来就要往肩上扛,根西抢过说:"我来背。"然后手一提将麦捆放在了肩膀上。

五月的田埂上,走着一老一少两个庄稼汉。

岁 月

○金 光

这时候,突然起了西北风。

柱子从地里背了一捆大豆回来,母亲望着天上的云说:云往南水成滩。要下大雨了,你快去坡上把那几捆干柴扛回来。柱子就慌里慌张地往屋后的山坡上跑。

柱子到了坡上的柴垛旁,一拉柴捆,听见里面有响动,他有点纳闷儿:什么东西钻进柴垛里了?上前看时,他吃了一惊:一个人满身是血躺在柴垛下面。柱子马上就知道是怎么回事儿了。昨天,东寨上红军和白狗子打起来了,枪声一直响到后半夜。这人八成是受了重伤才躲在这儿。柱子看看伤者头上的八角帽,犹豫了片刻,没有去扛柴捆,而是把伤员扛回了家。

柱子妈看见柱子扛着个满面血迹的人回来,吃了一惊,忙起身把门关严,让柱子把伤员放在里屋的热炕上,打了盆温水小心翼翼地为伤员擦拭血迹。之后,她仔细地检查了一下伤员的伤情,才发现伤者是个娃娃脸,头部被子弹穿了个洞。

多危险,再往左偏一麦粒就没命了。柱子妈说着,找了块干净的布又有条不紊地给他包扎,指挥柱子上山挖药,自个儿生火为伤员熬了面汤喂下。

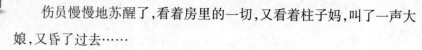

伤员慢慢地苏醒了,看着房里的一切,又看着柱子妈,叫了一声大娘,又昏了过去……

半个月后的一天夜里,柱子家一直关闭着的房门"吱"的一声打开了,柱子和小红军刚走出来,就被柱子妈叫住了。她递上一包东西说:孩子,这是十个馍馍,带着路上吃。从屋后的山坡上一直往上,不到二里就是陕西的地界了,让柱子把你送过岭。小红军接过包,深深地鞠了一躬,然后消失在夜幕之中。

小红军走后的第三天,一群兵闯进了柱子家,逼问共匪去哪儿了?柱子妈说:什么共匪?没见过。一个当官装束的人上前扇了柱子妈两个耳光,恶声恶气地说:还耍赖,明明有人看见你儿子背着一个小共匪进屋了,到底把他藏在哪儿了?柱子妈抹了一下嘴角上的血,斜眼看着那人,义正词严地说:瞎眼了,什么时候背人进来了?不是害我这个老婆子嘛!那个当官装束的人也不再问,只把手一挥,"呼啦"一下兵们便在屋里翻箱倒柜地搜查起来。但翻了几遍什么也没有,只好灰溜溜地走了。

从那以后,柱子家就常有兵们来搜查,十天半月一次,直到解放。

柱子妈是 1957 年去世的,她死的时候,把柱子叫到跟前,说:你打听打听那个红军孩子还活着不,如果活着就告诉他,娘想他,让他到娘的坟上看看。

柱子是个孝子,就记住了妈的话,但他不识字,也无从打听,只好把这事默默地藏在了心里。

不想有一天,大队民兵营长通知他到队部开会,柱子去了。民兵营长让他站在会场中央,问他:程柱子,那一年有人看到你害死了一个红军战士,有这事没有?柱子一愣,忙回答说:没有的事。会场上立刻有人站起来质问道:明明有人看到他被你背回家了,为什么没看见他出来?分明是你害死了他!柱子说:我真的没害死过人。柱子说这些时,头木木的。会场上就响起了雄壮的口号声:不忘阶级苦,牢记血泪仇! 柱子也跟着呼这口号,却被人喝止了。最后,民兵营长让他老实交代,但柱子仍是那句话:没有的事! 会上,柱子就被戴上了"反革命分子"的帽子。

柱子戴着帽子,与地富分子一起,十天半月被叫到会场批斗一次,直到"文化大革命"结束。

柱子一辈子没成家,因为戴着"帽子",没有人敢嫁给他,可到摘"帽"的时候,柱子已经是五十多岁的人了。

有一天,县民政局的小车突然停在了柱子家的院子前,民政局长在村支书(原来的民兵营长)的带领下,找到了柱子。局长问柱子:四十多年前你和你娘是不是救过一个小红军? 柱子眼睛一亮,就点了点头。局长猛地在柱子肩膀上擂了一下,高兴地说:那就对了,找到了! 柱子又莫名其妙了。局长说:那个小红军现在在北京,是一位部级领导了。他最近在报上发表一篇回忆文章《战斗的岁月》,里面提到你和你娘救他并护送他的过程,县领导指示我们落实一下。

柱子听完这话,突然放声大哭,朝屋后的山坡上跑去。局长愣了,问村支书:他往坡上跑什么? 村支书说:那里有他娘的坟。

新年的康乃馨

○金 光

实在说,这样的天气她坐在这儿很委屈。可委屈有什么用啊,生活就是这样艰辛,只有这样坐着,每天看着一个个人从车站走出来,站在她面前拨打电话,然后付费,她才能有收入。

她只有十七岁,这个年龄应该上高中,可不行,她得坐守这个讨厌的电话亭。自从她爸爸出了车祸,她守在这儿已经三年多了。她想,她还得继续守下去。守到什么时候,鬼知道。

现在是除夕夜,远处早已有爆竹在响了,透过铁皮房的窗口往外望去,能看到天空中不时升起的礼花。铁皮房里冷极了,她冻得瑟瑟发抖,不停地两手搓着,哈着气温暖有点僵硬的双手,但这几乎没什么作用。

她的世界就是这两个平米,一天到晚看着人来人往,每张面孔她都陌生,偶尔会有一个人在她面前停留一下,拿起放在窗口的电话拨打,然后问多少钱,她就看看计价器上显示的时间,说出准确的价格。对面的人匆匆付账,没有人多看她一眼。

母亲下岗了,弟弟要上学。母亲就把她爸爸生前经营的电话亭交给了她,自己到菜市场上去卖菜度日月。在这儿,没有人肯向她说一句多余的话。她还兼营着一些畅销杂志,没事儿的时候总爱低着头翻

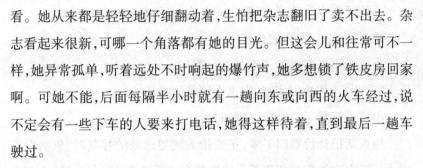

看。她从来都是轻轻地仔细翻动着，生怕把杂志翻旧了卖不出去。杂志看起来很新，可哪一个角落都有她的目光。但这会儿和往常可不一样，她异常孤单，听着远处不时响起的爆竹声，她多想锁了铁皮房回家啊。可她不能，后面每隔半小时就有一趟向东或向西的火车经过，说不定会有一些下车的人要来打电话，她得这样待着，直到最后一趟车驶过。

一对恋人从她面前走过，那女的一袭长发，紧紧地依偎在男的胸前，留下长长的影子慢慢地晃动着。她起先看的是那对恋人，等他们从她的窗口走过，她便盯着那影子看，直到影子完全从她的视线里消失。她又转回目光，搓着手，看远处不时升腾的礼花。

电话响了，是妈妈打来的。电话里传来春节联欢晚会主持人倪萍的声音："朋友们，再过五分钟，新年的钟声就要敲响了，让我们期待这一美好的时刻吧！"电话里，妈妈说的什么她一点也没听到。

"你好，打一个电话好吗？"突然，一张微笑的脸出现在窗口，是一位穿着大衣的小伙子。她一愣神儿，立刻笑着点了点头。她想，今天是除夕夜，很多人从外地匆匆向家里赶。她故意把脸侧向一边，不去听他的声音。

电话很快打完了，小伙子放下电话，依然微笑着看她："冷吗？"

"不冷。"她也笑笑，望着那张笑脸。

"我不信，肯定冷。"他调皮地说着，然后掏出钱包，拿出一张百元纸币递给了她。

"对、对不起，找不开。"她的确没有那么多的零钱找他，她有点抱歉。

小伙子头一抬，指着她身后的杂志说："那我买你一本杂志吧，这样总能找开了。"

"那也找不开。"

小伙子有点为难了,踟蹰了一会儿,毫无办法。

她说:"你走吧,不收你钱了。"

小伙子不好意思了:"那怎么行啊?"

"咋不行,你快回家吧,家里人等着你呢。"

小伙子沉默了一会儿,只好向她点了点头,离开了。

她重新把计价器归了零,正要抬头眺望远处的礼花时,忽然看见刚才年轻人递过来的那张百元钞票躺在电话机旁边。她一愣,立刻拿起钱,门一关追了出去。幸好,小伙子还没有走远,她一喊,他停了下来。

"钱忘记了!"她走上前递给了他。

"你为什么要这样做?"小伙子接过钱,反复在双手中递换着。

"不为什么,这是你的钱呀。"她淡淡地笑了笑,转身离开了。小伙子在原地站了一会儿,消失在车站广场……

早晨,阳光洒满了车站广场。她在爆竹声中醒来,这才意识到是新年了。她打开那扇冰冷的铁皮房门,向外张望,忽然愣在了那儿:门前站着一位邮差,正要举手敲她的铁皮门。那邮差手里捧着一束正在怒放的康乃馨,递给她,然后拿出一张签单让她签字。她懵懂地签了字,邮差转身就走。她喊住了邮差:"谁送的?"邮差指着花儿说:"他没留名字。"她便去看那束花儿,发现花丛中有一张小卡片:"但愿新年花盛开。"落款是"昨夜归人"。她的头"嗡"的一声,眼泪突然顺脸而下。

这是她真正的新年,有人知道了她的存在。

这时,一位老者走过来,拿起电话,打完了,问道:"姑娘,多少钱?"

"免费,"她高兴地回答,"今天是新年。"说完,看了一眼面前的老人,咯咯咯地笑了起来。

橘子熟了

○徐建英

村子不大,山连着山,连绵逶迤,到村子边沿,陡地平缓下来,孤零零地伏卧着一个很大的湖。湖边靠南的坡地上,长着麦河家的两亩橘子林。

每到秋日,麦河家的橘子树上都挂满了果,一个个翠绿的橘子,沉沉的,把枝条压得都翻卷过来。一阵风吹过,大老远都能闻到一股橘子的清香,馋得一村的娃儿口水在喉咙里一上一下地直打转。但也只能干瞧着馋,跛子麦河一入秋就会在橘子林外搭棚守着,哪个也近不得。

要说偷,法子也不是没有,潜水渡过湖去,悄悄爬上坡边的橘子林中,能管饱。可家中的大人硬是不让,理由一二三四的一大堆,偶尔一次冒险幸运潜过湖去偷吃,若是给大人们闻到了嘴里的橘子味,定免不了挨上一顿"竹笋炒肉"。

但椿子不怕,椿子的爹娘走得早,跟着奶奶芸婆一起过。芸婆眼睛不济,鼻子也不灵,瞧不仔细,也闻不出啥味来。

椿子运好。别家孩子刚靠近橘子林边的湖,脚刚刚蹚上水,对面的麦河就像幽灵一样一瘸一瘸地过来,手里的拐棍在地上噼啪点个不停,嘴里连珠炮般咋呼起来:猴崽儿,干啥嘞?想干啥嘞?吓得那孩子赶紧灰溜溜回了家。

椿子聪明,她会选在中午麦河打盹儿时偷偷潜水过湖,当麦河一阵接一阵的鼾声奏起时,椿子捂着撑得圆嘟嘟的小肚子溜出橘子林,然后在麦河的鼾声中,捂着兜里的几个橘子,直接从坡地上跑回家。芸婆眼睛不好,鼻子不灵,对橘子看不见闻不着。但芸婆眯着眼睛吃橘子的样子,让椿子感觉自己一下子就长大了。

有时椿子看着麦河倒在窝棚边的睡样——一大一小两条腿支在架子上,那条萎缩的左腿瘦瘦小小,像极了一根细小的竹棍子。椿子听奶奶说,麦河这腿,是小时候患小儿麻痹症落下的,因为这腿,麦河一直说不上媳妇。有时椿子也很不忍,可是对橘子的诱惑,她太难抗拒。她在心中很多次地埋怨麦河怎就那么贪睡!甚至有时候,她很希望麦河会突然醒来,对着她咋咋呼呼地大吼一通,那么,她一定不敢再踏入林子,不敢再来偷橘子,也不敢捎橘子带给奶奶,可麦河偏偏就那么贪睡,鼾声一阵接一阵像奏乐似的。

椿子想到这里的时候,手不知不觉就动了起来。

她学着麦河的样子,轻轻地把垂下来的橘子用竹竿支起来,麦河的腿不好,她瞧见过麦河搭支架时摔倒过;她悄悄地把林子里的杂草拔干净,麦河的腿不好,杂草这么高,要是有人像她一样也悄悄钻进橘子林,麦河一定很难发现;她又轻轻地把林边的沟壑用小石头细心地铺起来,麦河的腿不好,走这样的路,一定很容易摔跤……

中秋节到了,泉眼村的习俗,八月十五烘大饼。

椿子一大早起床帮芸婆揉了面,和了糖丝橘皮子,撒了脆芝麻粒,在灶上开始烘起中秋饼。烤好饼,芸婆眯着眼左挑右挑了老半天,又让椿子帮忙找一摞看相好的,打包捆好,给麦河家送去。椿子不语,磨磨蹭蹭了老半天就是没出门,芸婆就生气地嚷了起来:椿子你怎么不晓事嘞?你麦河叔一年到头跛着脚侍弄那片橘子林不容易呢,可他老

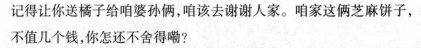

记得让你送橘子给咱婆孙俩,咱该去谢谢人家。咱家这俩芝麻饼子,不值几个钱,你怎还不舍得嘞?

椿子红着脸接过芝麻饼,转身要出门,却一头撞中了一瘸一瘸走进来的麦河。麦河手中的袋子滚落,橘子撒满椿子家的小院,椿子怔怔地望麦河,一脸不解。

椿子,干啥嘞?帮叔捡啊,今年收成好,卖了不少钱哩,这余下的,叔就不卖了,给你这个小园丁发个管理奖哩。

椿子听罢,垂下了头,小脸红到耳根。突地,她"哇"的一声,大哭了起来。

最后的秧歌

○徐建英

　　正月十五闹花灯,鄂南人爱热闹,大多地方都时兴耍龙灯、舞狮灯,唯独那湖村人,一代一代地,只对船灯情有独钟。湖村船灯一般以竹篾或木条制成船形,在船体上蒙画布,左右开一孔小圆窗,四周挂上小灯笼、小流苏之类;舱内和外四角装上彩灯,点蜡烛,由一名年轻力壮的男子,藏在船舱内,以安装的挎带肩扛起船身,不停地左右、前后摇摆,表演船在各种江河中航行的动作。船头船尾上各站一人,船头的扮丑角,叫艄公,持花桨摇船;船尾的扮艄婆,打着花扇边扭秧边唱灯歌。

　　离元宵节还有好几天,鄂南各村各寨的花灯开始沿村耍灯拜年。湖村的船灯每到一地,得到的喜礼都会多过别村灯队。县里一年一度的元宵夜花灯大赛,湖村的船灯也是年年独占鳌头。所以每年湖村开灯河,十里湖村的大人孩子一湾接一湾地跟着赶着看,花灯闹到哪里,他们就跟到哪里。更多的,他们是为了看湖村的艄婆,看那扮艄婆的姑娘水仙。

　　水仙姑娘扮艄婆,嗓音好,歌声亮,腰肢活。那小步一错,身段扭扭,扭得十里八村的老人齐叫好,娃娃们笑翻天,女人回到家跟样儿学,更扭得不少老少爷儿们心猿意马。

随着一曲"正月那个里来是新那个春，家家呀户户戏呀戏花灯……"的歌声中，船灯缓缓飘了过来，在一片鼓乐伴响中正式拉开了帷幕，只看那扮艄婆的水仙摇着花纸扇，错着小步一路飘过来。那扮艄公的正权，头戴一顶破草帽，脚跶一双旧球鞋，满脸抹着东一块西一块的烟灰渍，手里拖着花桨左一划右一摆地也跳进了场。水仙唱一句，他插科打诨的调侃立即就加了进来："啊哟，这是哪里来的妹子呀……"不时地上蹿下跳，手里的花桨拍拍敲敲，左一桨右一桨，跟着花灯调唱起来："看花是假意哦，依呀嘿，看妹是真情哪……"两人的配合，直引得围观的人鼓掌、喝彩连连，笑声在整个正月里回转。

脱了艄公衣的正权，洗净灰渍也是模样周正的俊后生，种地打庄稼，在湖村是一把好手。当年湖村人选水仙做艄婆挑大梁时，他就争着抢着扮丑角做艄公。他们从入腊月开始排演，到唱完正月十五元宵夜，双方也有了感觉。

水仙娘看着花一样的女儿经常悄悄往后门溜，忍不着抹眼泪跟几个要好的姐妹叹："闺女大了，事儿由不得娘做主！正权那孩子呢，好是好，只是可惜啊，精精壮壮的后生家，扮个艄公闹着玩了也就罢了，怎就骨儿里也跟着人进戏里像打丑的呢？"话也就这么随口叹叹说说，却不知被谁添油加醋地传，变了味地传到了正权娘的耳朵里。

那正权娘在湖村本是要强的狠角色，听罢，感觉自家孤儿寡母受了辱，就气愤地拎着菜刀菜板，站在湖村的公众晒谷坪上当全村人面边剁边骂："自家屁股流脓血，咋还乐意给别人诊痔疮嘞？都说装旦的不嫌打丑的，自己大姑娘家家的，成日屁颠屁颠扭屁股唱出搭人，脊梁骨也不晓得几时给人戳穿了。这种货色，倒贴给我做媳妇，我还嫌亏呢……"

水仙娘在屋里听到正权娘的当村骂街，越听越不是滋味，忍不着拍手打掌跟出来接口应骂。只是这一接骂不打紧，本来好好的两家人，当村一通大骂后，从此就断了来往。水仙在娘含泪的百般劝阻下去相了亲。嫁人后的水仙，从此远离了花灯。至于湖村的船灯，还是一年一年地在正月里沿河沿村耍灯拜年，艄婆的角色，湖村人又挑上村里年轻漂亮会唱调的小媳妇来演，只是十里八村的人发现，湖村的艄婆小媳妇都只是唱唱就唱唱，脚不开错，腰不扭摆。

再后来，湖村的小媳妇也不知咋回事儿，跟约好了般，没人再愿意来接艄婆这个角色。湖村人只得让俊秀的后生化着浓浓的彩妆尖着嗓子来演。那一上一下的喉结，在沿村一声又一声的叹息中打着颤音，直到村里来了一群陌生人。

那伙人的来到，在湖村掀起了一层巨波——湖村的船灯将列为国家非物质文化遗产，并将派代表去外地演出。

湖村沸腾起来，这祖辈传下来的船灯，如果能被顺利列入非物质文化遗产，是湖村人祖祖辈辈的骄傲啊！可是，如今的船灯还能去演出么？艄婆角色一角稳全局，谁来演呢？十里湖村，论唱腔，比扭秧，还有谁能胜过水仙？可是水仙嫁了，水仙嫁时当村发誓——此生不做艄婆。

那一晚，水仙娘的院子里坐满了湖村人。那一晚，正权娘约了水仙娘，两人在潘河边坐了半宿。

水仙被娘召回了湖村。可水仙说："娘，我发过誓！"水仙娘说："气话能作数？""不作数！不作数！"一屋子都附和。水仙仍是垂头不语，手指绞着衣襟，一下又一下。直到一个声音传来："大侄女，婶子我这样扮艄公和你一起演，你看，还中不？"正权娘此时头戴正权的破草帽，脚跶正权的旧球鞋，抹着东一块西一块的灰渍笑嘻嘻进了屋。一屋人面面相觑，水仙娘在一旁跟着扯水仙的衣角。

湖村再次热闹起来，在一片鼓乐声中，一个清亮亮的声音踩着小步又扭了起来。

年关岁末

○徐建英

摩托车灯刺破漆黑的村庄小道,卷起一路尘土,"突突"地停在一座农家小院门前。

何水清架好摩托车的脚垫,刚取下头盔,娘"嗵嗵"的脚步声就从院里迎出来,随后"嘎吱"一响,小院的铁门在娘手中拉开了一条缝,不等何水清发问,娘帮着他支下车脚垫,退后,又向前一着力,摩托车倏地滑进了小院。

爹坐在堂屋前吧嗒吧嗒地吸着旱烟,烟和过往一样,一袅一袅地绕着,打着转儿,后旋成一道道细细的烟圈。何水清松了口气,爹好这口自家产的老烟叶,烟杆儿是爹的命,瞧这烟雾,节奏还是过往的那几出,看来爹好着呢。

看到何水清,爹磕了磕手中的烟杆灰,食指小心地伸向烟窝里戳了戳,话头开始稠了起来。他还是习惯性地把年头到年尾的事儿倒豆子般叙一遍。末了,爹说:"我和你娘就是想你了,想和你唠唠话儿。知道年关来了,你审计局的工作会比平时忙,若不说我病了,兴许你也不见得会回这趟。"

春种秋收,爹指望不上他这独生儿帮什么忙。逢年过节,他似做客般匆匆忙忙。想到此,何水清眼一热,眼角开始痒痒的,忙蹲下身子抓了一撮烟丝,殷勤地从爹手上边接过烟杆边说:"我一早预计过的,忙完这阵,我就休年假回来好好陪陪你和娘。"又掂了掂手中泛黄的新烟杆,问,"爹,你换了新烟杆?"

"小伍昨儿一早捎来的,烟杆儿说是纯铜的哩……这小伍也真上心,你从小到大的同学论桌儿地数,谁也不及小伍识礼数,懂情义。春耕秋收,都当上大主任的人了,还是常来咱家帮这帮那的。上次来咱家送冬柴时,瞧见你爹的铜烟杆豁了口,特地请五金厂的师傅打的。"娘在一旁接过嘴道。

何水清摸着烟杆沉吟半晌,又默默地对着烟窝一撮一撮地捻烟丝,摁着摁着,烟丝儿纷纷飞了一地。待何水清醒悟过来时,发现爹正盯着他看,忙不迭地"噗"一下帮爹点上火,看了看还在絮絮叨叨说话的娘,又望了望吧嗒吧嗒默默吸着旱烟的爹,他悄悄地退出了堂屋。

年终的审查工作刚开始,他就接到了举报,伍思源负责的城市中心花园项目,财政资金收支有问题,施工上也有不少的疑点。这中心花园本是政府斥资打造的,是给老百姓提供的城市休闲花园。这几日,他正犹豫着,要不要着手查勘此事,怎么样来查这事,娘来电话说,爹病了。

院子里的柴垛此时高高地码着,足够娘和爹燃上两个冬的。从他去外地上大学起,在本城上大学的伍思源就帮着他照顾着爹和娘,感激的话他在心眼儿里说了不下八百次。打高中起,伍思源就是同桌。这次的事,只要他稍稍动一点手脚,伍思源就能平安过去。只是,原本为百姓造福的城市中心花园,会遭人唾沫。而他的心中,从此会多了一处污印。想到此,他倚在柴垛上,重重地叹了口气。

不知几时起,爹捧着一个鼓鼓囊囊的塑料袋踅了过来。

爹说:"唠也唠过了。你工作忙,工作上的事儿,我们也不懂,也帮不上啥忙,就不留你,你还是趁黑地赶了回吧,明天还得继续上班

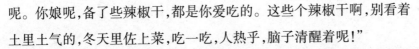

呢。你娘呢,备了些辣椒干,都是你爱吃的。这些个辣椒干啊,别看着土里土气的,冬天里佐上菜,吃一吃,人热乎,脑子清醒着呢!"

爹动手把鼓鼓囊囊的塑料袋绑在摩托车后座,边捆又边自言自语地唠开了:"这人啊,明眼看得到的,也不一定全是真的。那包着裹着的,能保准就没人晓得? 天黑了! 路上小心。得空了,记得常回家看看我和你娘。"

何水清轻轻地推过摩托车,车灯又一次刺破漆黑的村庄小道,向城里驶去。

坎坷的土路上,车身一颤一颤地,屁股被后座的塑料袋一下下戳得生痛。猛记起,他自幼就不爱吃辣椒干,这个,娘怎能就忘了? 赶忙停了车,塑料袋被解开的那一瞬,他怔住了——辣椒干上,整齐地扎着细碎的散票,五元、十元、五十、一百的面值都有。爹那把崭新的铜烟杆就放在那些散票上,在车灯的照耀下,泛着刺目的金色釉光。

何水清摸了摸辣椒干,又一次掂了掂手中沉沉的铜烟杆,一股暖意涌上心头。

多味的排骨

○葛明霞

小杰又一次理直气壮给父亲汇排骨款时,王丽忍不住爆发了。

王丽是小杰的大学同学,也是和他相携着走过了六年又五个月的妻子。他俩的校园爱情之所以能修成正果,在很大程度上也是因为小杰参加工作后每月雷打不动给父亲汇排骨款这件事。

"如此执着孝顺的男人,嫁给他准没错。再说了,自己父母也远在乡下,弟弟大学还未毕业,我帮衬娘家时小杰肯定不会说什么。"王丽曾这么想。

弟弟娶了一个高中毕业的有钱女子后,王丽再给远在乡下的父母寄钱,父母就会原封不动退回。那次弟弟在电话里还说了王丽几句:"姐呀,你就别逞能了。你的生活没我宽裕,咱爸妈现在有我养着,你就赶快攒钱买房吧。儿子都三岁了还没自己的房子住,真可怜。"

最后三个字如一记重锤,敲醒了王丽隐在心底的焦躁,也震碎了王丽和小杰轻松随意的生活。

早点拥有房子的梦想成了王丽日思夜想的渴望后,一个不太算计生活支出的白领,一下子变成了连一张手纸都想省下来的吝啬鬼。小杰每月例行往老家的汇款,就成了剜去她心头肉的一把刀。

王丽旁敲侧击的几次劝阻,对小杰来说不过是冬日里稍显凛冽的风,过去了也就过去了。小杰理解王丽想买房子的急迫心情,但免掉父亲每月的排骨钱,他做不到。他是独子,母亲走得也早。他永远忘不了小时候他和父亲恓惶的日子,永远忘不了父亲啃他啃过的排骨时牙龈硌得出了血的情景。以至王丽的最后通牒流于形式,并不曾对小杰的汇款造成实质性障碍。王丽终于爆发了。

本科毕业的王丽不会用泼妇骂街的方式逼小杰就范,她要和小杰的父亲当面锣对面鼓地谈谈。要让小杰的父亲知道,一没背景二没后台的小杰在城里生活得多么不易,让他主动退回排骨钱。

王丽趁着出差偷偷往小杰的老家拐了一趟,回来后几天都没睡好。小杰父亲的样子和自己父亲的样子不断交替,最终融在了一起。公爹并没有将小杰每月的汇款全部吃掉,他只在亲戚们走动时才买排骨证明儿子的孝心。听王丽添油加醋说出生活的不易后,公爹落了泪。他颤抖着嘴唇怨小杰:"逞得什么能,连房子都住不起还给我排骨钱!"

王丽临走时,公爹递给她厚厚的一沓钱:"这是几年来小杰的汇款加上我种地的收入,你拿去吧。我本想等临终时给你们,哪知你们当下就这么难。怪爹没本事,让你跟着小杰受苦了。"

公爹的话让王丽的脸一瞬间烧得难受。她最终没敢接钱,逃也似的离开了。

之后,小杰的汇款就被父亲原封不动地退回。

如此几次,小杰的心乱起来。他匆匆请了假,心急火燎地带着儿子往老家赶,王丽也急急地一路跟了来。

他们一家三口到家时正是黄昏时分,院子西南角那颗粗大的杨树气势昂扬地直窜空中,杂乱不堪的小树枝弯棍棒堆在墙角(父亲为了省钱,在院子里烧火做饭)。随着孩子奶声奶气的呼喊,屋里走出一个瘦弱老头,满脸枯树般的皱纹,驮着背,弯着腰。刚才还新奇地喊

"爷爷"的孙子一见到爷爷这个样子,立刻噤了声。

王丽引着儿子和公爹套近乎,言语里暗示出对公爹倾诉苦水的后悔。孙子这么白胖可爱,惹得父亲满脸的皱纹都舒展开来。看到这些,小杰高兴得合不拢嘴。唯有王丽,心越来越紧。好在公爹并没有提及她出差路过的事情。

第二天一早,小杰和王丽跑到镇上买了千把块煤球,又买了二百多元的排骨和各种佐料。午饭时,几个小菜和各种排骨就上了桌。王丽费尽心思,将知道的排骨做法全部做了一遍。小杰喊来了邻居的几个大叔大伯,一起喝酒助兴。

那天中午,父亲喝出了满脸的泪。

小杰一家要走时,父亲将上次王丽没拿走的钱又拿了出来。他说:"小杰啊,我年纪大了,这些钱放在家里不安全,你拿去该干啥干啥。男人啊,不能委屈妻子和儿子。"

小杰不解:"你哪来这么多钱?"

父亲说:"这都是你每月给的排骨钱和我种庄稼的收入。"

小杰好大一会儿没反应过来,倒是王丽慌忙推拒:"爹啊,你老年纪大了,这些钱你留着自己花吧。"

父亲怎么也不依,一股脑儿地塞进了王丽的随身包。

回城后,小杰照例每月给父亲汇二百元的排骨款,王丽再没说一个不字。倒是远在乡下的父亲,日夜纠心起儿子在城里的生活,再也吃不下排骨了。

马婆的悲伤

○葛明霞

马婆从妹家出来，眼泪就开始肆无忌惮地流。那么要强爱面子的马婆，面对路人诧异的目光视若无睹。仲秋的微雨浸润着马婆规整的套装，马婆的心零落成泥。马婆没有回家。她穿过两个十字路口拐进了龙泉湖公园，蹒跚地上了湖边八角亭。马婆斜靠在亭柱上，不知不觉收住了眼泪。过往的岁月就在马婆静静的呆坐里浮出了水面……

马婆还是马嫂的时候，精力全部放在对儿子的培养上。从幼儿的益智类训练开始，到剑桥英语、奥数培优、解题速效……正规不正规的培训班，只要不与正课冲突，马嫂都推着儿子上。马哥虽不太支持，可为了儿子的将来，只好认了。

儿子大学毕业去美国深造时，马婆费尽心机说服他留在了国外。之后，马婆和马爷就成了亲朋好友羡慕的对象。尤其是马婆的妹妹。她的儿子成绩不太好，毕业后留在了本地。妹妹一生气就开骂："你这个不争气的兔崽子，连你大表哥身上的一根汗毛都比不上！"

只有马婆知道，她和马爷过的是什么日子。

每天早上一起床，马爷就打开电视，一整天不让关。他说这样可以逼逼屋里的冷气。马婆嘴上不说，内心里却难受。她觉得自己虽然有儿子，可常年过的却是没儿子的生活。马婆整晚整晚睡不着，睡不着就想儿子,就想如何证明自己有儿子。半月后马婆终于想出了一个办法。马婆不再随随便便穿衣服了。就连上菜场也是整齐的套装,仰脸挺胸,微微趾高气扬。马爷说她,马婆硬硬地回嘴:"我和那些没儿子的老人不一样,我有儿子,儿子在国外,怎么着也得给他充充面子。"马爷鼻子一酸,眼泪差点儿滑出眼眶。

儿子去国外后,马婆很少再与马爷争吵。用马婆的话说:"这老东西辛苦了一辈子,到头来连儿子的面都难见,我得让他享享福。"马爷没有享福的命,儿子在美国定居不到两年,他就失去了健康。一开始马婆没太当回事儿。等她知道不好时,马爷的腿已经不太听使唤了。马爷犯病是在早上,等办好住院手续时已经到了下午三点多。好在马爷是轻微的脑梗,没耽误多大事。躺着输液的马爷,看到其他病人都有小辈陪着,羡慕得眼里几乎迸出血来。他一忍再忍,最后还是张大嘴哭号起来。马婆又累又急又尴尬,边向同屋的人道歉边劝马爷。劝着劝着自己也忍不住哭起来。好在外甥及时赶到,止住了他们的哭声。

马爷出院后腿虽稍能走动,右胳膊和右手却失了灵活。马婆按照医生的嘱咐,每天除了监督马爷进行自我锻炼外,就是不停地帮他按摩恢复。马婆渐渐瘦了,由原来的一百四十多斤瘦到了一百一十斤。马爷看着难受,有时忍不住骂儿子。马婆却不依:"你知道啥,儿子不是没孝心,他在国外生活压力大,也难。"马婆出门买菜仍旧穿戴整齐,仰脸挺胸,微微趾高气扬……

斜靠在亭柱上的马婆不知不觉坐了一个小时。仲秋的微雨打湿了她的后背,马婆这才想起该给马爷做饭。马婆小心地下了八角亭,走出了龙泉湖。

平静下来的马婆又想起她从妹家出来时的情景。今天是妹妹的六十大寿。饭后,妹妹当着她的面又骂起了儿子:"你这个不争气的

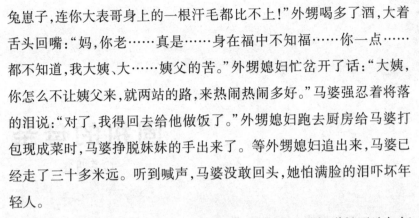

兔崽子，连你大表哥身上的一根汗毛都比不上！"外甥喝多了酒，大着舌头回嘴："妈，你老……真是……身在福中不知福……你一点……都不知道，我大姨、大……姨父的苦。"外甥媳妇忙岔开了话："大姨，你怎么不让姨父来，就两站的路，来热闹热闹多好。"马婆强忍着将落的泪说："对了，我得回去给他做饭了。"外甥媳妇跑去厨房给马婆打包现成菜时，马婆挣脱妹妹的手出来了。等外甥媳妇追出来，马婆已经走了三十多米远。听到喊声，马婆没敢回头，她怕满脸的泪吓坏年轻人。

马婆擦了擦眼睛，迎着仲秋的微雨向家走去。她知道她无论如何不能倒下，她还要照顾马爷，她还得撑起这个家。马婆规整的套装和灰白的头发在人行道上摇曳，一如枝头瑟缩在秋风中的老叶。

固执的母亲

○葛明霞

　　在自我习惯的蒙蔽中,我轻浅地认为父母会一直健在,他们会陪我度过生命里的每一天。父亲的猝然离世,如一次意外事故撕裂了我的身体。在阵阵的巨痛中我忽然明白,那些无力承受的死别就藏在每一个看似平静的日子里,一不小心,就会永失关爱的机会。

　　安葬完父亲的那个初冬傍晚,冰冷的衰雨将悲伤和惆怅溶化在空气中,飘满了老家的每个角落。我恍惚觉得这是一个梦,父亲曾不止一次说过:"妞子,好好学习,父亲老了还指望你享福呢。"父亲还没有享过我一天的福,怎会一去不回? 我半侧着身子倒在床上,望着呆呆地坐在床头的母亲。母亲的白发蓬乱而灰暗,一如她那张没有生气、皱纹横生的脸。我一下子清醒过来,父亲的过世已成为事实存在,从今天起,我只剩下年老的母亲。

　　我振作精神开始央求:"妈,明天跟我走吧。"母亲声音果断坚决:"那哪成!"我说:"天越来越冷了,你一个人在家不行。"母亲环顾了一下屋子,坚持拒绝。我始终不依。母亲开始找理由:"我知道你们的意思,可刚有人离世的家得留个暖屋人。"我不解。母亲抬手向东边指了指说:"看到小磊家的空房没? 他爸刚去世,他妈就随他们去了城里。现在啊,小磊他们兄弟有事来家,也住不了那屋子了——阴冷气太重，儿子们也顶不住。"

我虽不太相信母亲暖屋的话，母亲执意不随我走，除了多住了几天外我实在找不到心安的办法。父母的家虽然不再健全，儿女们各自的小家还得继续。孩子们要上学，大人们要为生计忙碌，这些道理，母亲最明白。第三天早上，她就连吵带劝赶我回自己的家。

那个冬天很漫长，父亲在新坟里僵硬冰凉，母亲在老屋里孤单凄冷，我在家里魂不守舍。每次电话问寻，母亲的回答永远是："我很好，莫挂念。"

再难过的日子也会过去。凄凄惶惶地过完没有父亲的第一个春节后，弟弟要母亲随他走，母亲执意不从。我什么也不说，直接和丈夫回家接母亲，母亲拗不过，总算住进了我家。我的心渐渐安稳下来，庆幸终于有了孝顺母亲的机会。

母亲是一个特别敏感的人，她始终觉得女儿家不是自己的家。日子细碎繁杂，我和丈夫之间难免会有磕绊。母亲没来的时候，我们也没少吵架。母亲一来，吓得我们不敢在家里吵，我们跑到超市里理论。好在不管在外面理论得如何委屈，丈夫回家后依然强颜欢笑地喊妈。

尽管这样，我仍感到母亲住在我家不自在。她今天说："春天到了，柳芽绿了，在这儿根本看不到。"明天又说，"清明快到了，给你爸上坟时我也要回家。"后天又说："这日子过得真不像日子，哪有我在地里忙活踏实。"我劝她："咱家的地都让别人种了，你就别想着了。"

母亲刚来时，我在家陪着。半月后，我不得不将母亲整晌丢在家里。一家人要吃要喝，我实在闲不起。怕母亲烦闷，我偶尔忙中偷闲拉她逛商场买衣服，她执意不去。拗来拗去，我的一大段时间又浪费了。有时心烦，对她的话也就没先前柔顺了。我不知道，这是不是母亲不愿再在我家住的一个原因。

母亲过惯了节俭的日子，总接受不了年轻人的生活方式。一家人都在时她不敢指责我,怕丈夫对我有意见。家里只剩下我俩时,她就唠叨:"妞子啊,不是妈说你,这日子真不能这么过。你得学会攒钱,这长长的日子啊,哪能一直顺溜下去?以后呀,排骨就不要买了,那么贵还净骨头。什么补钙不补钙的,净骗人,我在家半年不吃一次,不也好好的。以后剩菜也别扔了,我的胃好,吃不坏什么的⋯⋯"这些话她说一次,我就给她解释一次,她还是听不进,就像我听不进她的话一样。

母亲见我不理,开始执意吃剩菜剩饭。她紧绷着脸交代:"今天的排骨汤你别给我倒了,明天中午再热一次的味道更好;今晚的土豆片也别扔,明早我下饭吃⋯⋯"我耐不住性子和她吵:"你知道不知道,吃坏了身体要花多少钱?那些剩东西致癌,癌你不知道吗?父亲他⋯⋯"我说溜了话,慌忙住嘴。再看母亲,她装作满不在乎的样子去院里踱步了。

那天,老家的一个婶子打来电话,和母亲说了半天。过后,母亲就执意要走,我们不从。她就吓我们,再不答应,她就趁我们不在家时偷偷走。

我们只好送她回家,心想着过个十天半月再把她接回来。

没想到,回家后的母亲不与任何人商量就要回了地。一向舍不得花钱的她不但还了人家的种子和人工钱,还向人家赔了违约钱。她有很多理由,她说现在种地不费力气,收呀种呀的全是机器;她说她才六十多点,她还可以攒点钱帮弟弟买个大点好点的房子;她说守着庄稼日子才能踏实,离父亲也近些⋯⋯

上次回家,碰到了那位婶子。她开导我:"妞子啊,不要怪你妈,我们做老人的,实在不想做你们的累赘。"我点点头,婶子不说,我也知道母亲的良苦用心。

假奖真情

○刘树江

"我的成长,得益于两件宝贝,今天,我就向大家展示一下这两样宝贝……"

博士嘉铭国外学成归来,把在国外搞科研得的十万元奖金捐给母校设立奖学金,帮助那些品学兼优但家境不富裕的师弟师妹。学校请他在学校礼堂作报告,当年的老师悉数到场,连他六十多岁的老母亲也被请上了主席台。

几百名学弟学妹静静地注视着,对这位大名远播的学兄充满了好奇与期待。

嘉铭恭敬地给母亲、老师一一鞠躬,又朝台下鞠了一躬,神情庄重地打开一个精美的箱子:"第一件宝贝,是当年班主任王老师补发给我的奖状,这张奖状使我得以继续我的求学梦,帮我越过了人生一道坎儿! 这张奖状,我将终生珍藏! 老师的恩德,我会终生铭记! 在这里我要再次感谢王老师!"

王老师站起来连连摆手:"别这样,别这样,那张奖状是假的!"

此言一出,全场惊讶不已。岁月无情,当年风华正茂的王老师,已经人过中年,但眉目、言谈之中,依然闪烁着智慧和慈祥。随着他的讲述,师生们重温了那段艰苦而又温馨的岁月:初二,正是一个学生出成绩的关键时候,此时的嘉铭却面临了人生一场深重灾难,父亲因故去世,给本不宽裕的日子雪上加霜,当时正好实行责任制各家各户单干,母亲就有意让嘉铭辍学帮助持家,可又于心不忍,就决定以嘉铭能否评上"三好学生"来定夺。悲伤、贫困加上压力过大,嘉铭期末考试仅列全班二十名。这学期正好学校分给班上八个"三好学生"名额,并要求按成绩排名划定。王老师虽然一万个不情愿,但因各级对成绩排名十分看重,对嘉铭他只好忍痛割爱。当他从嘉铭的眼神中读到失落时,陷入了深深自责:也许一个好孩子的前程就因此断送!怎样让弟子扬起希望的风帆呢?

第二天晚上,王老师一个人悄悄来到嘉铭家,拿出一张奖状并说明因由:因为嘉铭勤奋、诚实、上进,成绩也好,补报校长特批为"三好学生"。同时掏出了校长的亲笔信:考虑嘉铭同学家庭困难,特减免在学校期间的一切费用。嘉铭母亲的眉头仍未舒展,只是轻轻叹了口气。王老师又说:"地里的活计您多受点累,瞅个星期天什么的我领学生来帮帮您!"嘉铭的母亲一个劲儿地抹眼泪:"老师这份心,我们还能说什么呢?"

"那天我一夜未眠,不等天明就坐车进城买回了三十多张奖状,偷偷填上名字发出去了,那公章是我找了一个暖瓶塞盖上的!说来也怪,那茬学生好比吸足了阳光和水分的庄稼,齐刷刷地长起来了,成绩特别优秀,大部分考上了县城高中,嘉铭一路高歌猛进,一直冲出国门成了洋博士!"对于学生的成就,王老师十分欣慰。

"后来我就发现这奖状有问题,我和其他奖状一比较,公章模糊,大小不一,我就明白了老师的一片苦心!奖状是假的,其中的真情却重如山。当时我正处在一个坎儿上,是校长和老师的无私的关爱,助我渡过了难关。老师教会了我怎样做事、怎样做人,让我受益无穷。"嘉铭眼中满是泪水。

王老师忙说:"哪里,哪里,嘉铭的成就,得益于他的自强不息和不懈努力,他上中学时就开始打工养活自己帮助家人,我只是尽到了一个教师的责任和义务而已。"

"第二件宝贝,就是当时老校长的亲笔信,渴时一滴如甘霖,这封信,解决了我、我们家的大难题!这份爱弥足珍贵,一直成为我前进的动力和基石……"

老校长颤巍巍地站起来:"我怎么记不起来,让我看看当年我签的条子……这不是我的字,王老师,这是怎么回事儿?"

王老师有点不好意思:"这点小事,我……没好意思麻烦您,自己解决了。"

"这就是说——孩子的学杂费全是你一个人给垫付的!当时你还是个民办教师,一个月几十块钱拖家带口地过日子……"嘉铭的母亲不知说什么好,不顾众人劝阻,坚持拉着儿子再次给王老师恭恭敬敬地鞠了一躬。

那年十七岁

○刘树江

　　淡淡的月光下，静悄悄的果园里散发着诱人的香味，一个个苹果在枝叶中探头探脑，向我微笑、招手。我极力控制住紧张，一边给自己打气，一边小心地采摘，生怕弄出什么动静。

　　明天学校就要放假了。同学们都兴奋地外出采购，为回家做准备。我除了回家的车费已身无长物，给辛劳的父母带点什么礼物？我忽然想到了学校紧挨着果园。果园是我们这所中专学校的劳动基地，我对那里的一切太熟悉了。眼看着苹果一个个由小到大、由青涩变得红彤彤的，探头探脑像顽皮的小孩子在逗人玩，实在太吸引人了。经过激烈的思想斗争，我给自己打气："就摘几个孝敬父母，算不得偷，陆绩怀橘还传为美谈呢！"

　　"千万别让人碰上！"我一边心里默念，一边匆忙摘了几个苹果放进口袋。刚想走，一道手电光照过来："谁？别跑！"

　　我脑中一片空白。稍一镇定，见是人称"铁面人"的学校值勤干部肖震天。我知道求情也没用，只能木然地按他的要求行事，心里一遍遍念叨："完了，这下完了。"

　　我木偶似的被扯到值班室，肖震天拿出审判官的架式问我是哪个班的，为什么半夜出来做贼，见我不作声，便恶声恶气地说："老实待着,别以为不说话就拿你没办法,我先汇报带班的刘副校长,让他找老师来处理!"

幸亏是半夜,师生都已入睡,不然不知会有多少看热闹的人。可一想到刘副校长来了,我心里急得不行:"这回肯定轻饶不了,弄不好要在全体师生面前作检讨,还要背个处分,今后这脸往哪里放?这学校还怎么待?"当时我为自己设想了无数种未来,真恨不得有什么特异功能让自己从这里消失。

刘副校长来了。他平时不苟言笑,一举一动都中规中矩,对师生要求十分严格,连生活中的一丁点小事都要纠正。每次去果园劳动,他总是给我们讲锦州战役的时候,战士们又累又渴,可面对抬手就能摘到的苹果却一个也不动,今天这事……我惭愧地低下头不说话。

"这学生年龄不大,人可死硬,都人赃俱获了,到现在一句话也不说,校长你来问!"肖震天上前拉我。

"轻点,别莽撞!"刘副校长制止了肖震天,"我来看看! 你说的赃物在哪里?"

"这不,都在口袋里,好几个! 校长来了,你还硬!"见我不说话,肖震天插嘴。

"对待错误要惩前毖后,治病救人,但也决不能姑息迁就!"一听校长这话,我心里暗想:碰到茬上了,肯定轻饶不了。

"对! 对!"肖震天连忙附和。

"咦——,你——"刘副校长和我对视,认出了我。那天下午打扫卫生,我从成堆的垃圾中往外拣牙膏皮,刘副校长看见,问我的名字,拣这干什么用,我说这个扔了可惜,回收可以卖点钱,也算是废物利用。刘副校长问我为什么这样做,我不好意思地说家里生活不宽裕,攒几个钱给弟弟买本子用。刘副校长没再作声,只是深深地看了我一眼。

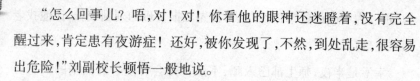

"怎么回事儿？唔，对！对！你看他的眼神还迷瞪着，没有完全醒过来，肯定患有夜游症！还好，被你发现了，不然，到处乱走，很容易出危险！"刘副校长顿悟一般地说。

夜游症?！我几时有过这毛病？我立刻明白了刘副校长的用心。天哪，没想到事情会出现这种结果！虽然在黑夜，我的眼前立刻升起了一轮灿烂的太阳。

"怎么可能？这……"肖震天心有不甘。

"夜游症多数是心理原因造成的，别惊吓了他。还有，千万别告诉任何人，免得给他造成更大的心理压力！这样吧，交给我，明天我安排人给他诊治一下！"刘副校长认真地叮嘱肖震天。

事情就这么结束了，我有点不相信。

"走吧，"刘副校长拉起我，一直送到宿舍附近，"小心点，别影响他人，快去睡吧！"

回头看了一眼刘副校长，我心里似乎有千言万语，但又不知从何说起。从此，我的"夜游症"再没犯过。

那年，我十七岁。

短 信

○杨　栋

　　老常买了手机好多年，就是不喜欢短信。他是个喜欢静的人。

　　有一年春节，他收到了一百多条贺年短信，但他那时不会发短信，所以就全没回复。春节后走到街头，好多亲属朋友见了他都像见了外星人，气咻咻地质问："你看没看到我的短信？你为什么不回？"

　　"对不起，我不会发短信。"

　　"那你买手机干啥？"

　　他很委屈：是你们要赶时髦短信拜年，我为什么就必须回你们的短信？

　　从此，老常烦透了短信。但短信不会忘记他。有天他骑车子正走在路上，短信嘟嘟响了，他怕得罪人，只好停了车子看短信："送你一个惊喜，五一长假，方正电脑城大减价。"他苦笑，把短信发送者列入了黑名单。刚上车子，短信又来了："五一长假，方正电脑城有大礼包相送。"老常一查，上个短信归属地银川，这个短信归属地长春。他又笑笑，将发送者列入了黑名单。

　　更苦恼的是许多党政机关争先恐后前仆后继地向他发起了短信："春季干燥，注意预防流行病。县疾控办。""不信谣不传谣，文明上网。县依法治县办公室。""维稳人人有责，抵制越级上访。县信访办。"

　　所有这些,老常都称之为垃圾短信,一概加入黑名单。但他的手机上黑名单已满了,短信仍不依不饶地追着他,恋着他。那些发短信的换一个地域,或换一个号码,依然英勇顽强地把干巴巴的口号和标语倾泻在他的手机上。老常像是吃了苍蝇,一看见那些短信就恶心难受,他想取消短信功能,但儿子不让,说:"家里人要给你发短信咋办?"

　　一天,老常又收到一条奇怪的短信:"好孩子,妈妈急着报表呢,顾不上陪你了,你好好复习,明天上考场,一定考好,考完了妈妈做好吃的犒劳你。"老常想,这真是开玩笑,他从哪里又有了个老妈? 她二十年前就去世了。但老常有些不放心,怕这位母亲是发错了,耽误了孩子的考试,就回说:"我不是你的好儿子,你是不是发错了?"那位母亲又给他回复:"对不起对不起,我刚买了手机不会用,给儿子写了个短信,不小心使用了群发功能,发给了无数的手机,真是好笑。"

　　有一次,老常收到了一个特别热情的短信:"我是你的高中同学刘胖子,我来你们省城出差,过几天想去看望你,给你整了东北的好酒,咱来个一醉方休。"老常想不起高中同学哪个是刘胖子,他们那一届有好几个姓刘的,又有好几个是胖子,他怕冷落了人家,便回短信:"酒家里有,你来就是,来了再电话联系。"刘胖子又回:"几十年没见面了,我不会空手去,那就给你搞点特产吧。"老常说:"不必客气,欢迎光临。"过了十多天,这位老同学也没上门来,倒是来了一条求助的短信:"老同学,我没脸见你了,在省城玩小姐被'大盖帽'逮了,人家要罚款两千元,我钱不够了,你一定想法帮我五百元,汇到张警官卡上就行,出来后速还并厚报。"短信上有张警官的卡号。老常有些急了,毕竟是老同学有了难处,人家还准备登门来访,自己能不救助一下老同学么? 况且要的也不是很多。和妻子商量,妻子说,现在短信诈骗

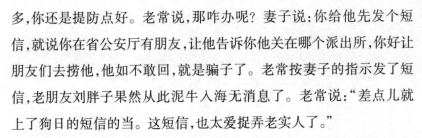

多,你还是提防点好。老常说,那咋办呢? 妻子说:你给他先发个短信,就说你在省公安厅有朋友,让他告诉你他关在哪个派出所,你好让朋友们去捞他,他如不敢回,就是骗子了。老常按妻子的指示发了短信,老朋友刘胖子果然从此泥牛入海无消息了。老常说:"差点儿就上了狗日的短信的当。这短信,也太爱捉弄老实人了。"

这天,老常收到了儿子的短信:"我们都是初恋,咱俩都要珍惜各自的第一次,第一次牵手,第一次初吻,第一次⋯⋯"老常有些难堪,他不好意思回,便不再理会,但儿子很激情,过了一阵子又发了过来:"宝贝,你为什么不说话? 你难道还不懂我的心?"老常火了,狠狠地回了一句:"好小子,我是你爹!"儿子这回着急了,急忙打电话来请罪:"爸,我发错了,我给咱常家找了个对象,你不高兴么?"老常说:"由你吧,但以后给对象发短信,不要太那个了,还没成家,就成了个怕老婆的。"儿子开心地笑了起来:"老爸,那短信不是我写的,是在《手机短信常用短语》上抄下来的哟⋯⋯"